开学第一课

国家教育部、中央电视台联合推荐
全国中学生梦想美文优秀作品

书包里的月亮

《开学第一课》编写组　编

時代文藝出版社

图书在版编目（CIP）数据

书包里的月亮 /《开学第一课》编写组编. —2版.
—长春：时代文艺出版社，2016.2（2023.7重印）
（开学第一课. 中学生）

ISBN 978-7-5387-5020-1

Ⅰ. ①书… Ⅱ. ①开… Ⅲ. ①中国文学－当代文学－作品综合集 Ⅳ. ①I217.1

中国版本图书馆CIP数据核字（2015）第286640号

出 品 人　陈　琛
责任编辑　曾艳纯
装帧设计　孙　利
排版制作　隋淑凤

书包里的月亮

《开学第一课》编写组　编

出版发行 / 时代文艺出版社
地址 / 长春市福祉大路5788号　龙腾国际大厦A座15层　邮编 / 130118
总编办 / 0431-81629751　发行部 / 0431-81629755
官方微博 / weibo.com / tlapress　天猫旗舰店 / sdwycbsgf.tmall.com
印刷 / 北京市一鑫印务有限公司
开本 / 710mm × 1000mm　1 / 16　字数 / 109千字　印张 / 12
版次 / 2016年2月第2版　印次 / 2023年7月第3次印刷　定价 / 36.00元

《开学第一课》编委会

《开学第一课》的价值

有人问我，《开学第一课》的价值在什么地方？我认为最重要的就是全社会希望并通过我们传递出来的价值观。多元是时代进步的标志，我们尊重不同的声音和价值理念，但是作为教育部和中央电视台联手举办的这项公益活动，我们要传递的是主流的、与时俱进又符合中华文明传统的价值观。

在2008年，我们通过《开学第一课》传递了抗震精神和奥运精神；2009年正值新中国60周年华诞，我们在象征着民族精神的长城，为孩子们播撒下爱的种子；2010年，我们告诉孩子们，一个拥有梦想的民族，一个不断仰望星空的民族，就是拥有未来的民族，人生的每一个阶段都需要梦想的指引、坚持和探索，而每个人的梦想汇集起来就可能成为国家的梦想、民族的梦想。

举办《开学第一课》三年来，我个人也有一个梦想，我梦想这项目光远大、朝气蓬勃的公益活动能够坚持举办10年，让它给这一代孩子的成长提供正面的、积极向上的力量，这就是《开学第一课》的意义所在。

我希望全社会的力量汇集起来，给孩子们一种价值观的教育，中央电视台愿意承担使命，联同教育部把这项公益活动做好。我们也欢迎全社会各界积极参与、支持，从出版、纸媒、网络、志愿行动、慈善事业等各个方面，加入到这个追逐共同梦想、打造恒久价值的公益活动中来。

由此，我亦十分高兴地看到《开学第一课》系列丛书的出版，我相信时代文艺出版社正是基于我们共同的理想，以出版的力量为孩子们的未来创造了更丰富的阅读食粮，为《开学第一课》的精神理念提供了更多样的传递方式。

中央电视台 许文广

CONTENTS

目录

第一部分　青色的光在远方

第二部分　梦中看到的地方

第三部分　花开在梦里

第四部分　在春天的绿舟里划过

第五部分　幸福着你的幸福

第六部分　守望月光下的你

第一部分

青色的光在远方

阳光依旧带着它羽翼般的厚度笼罩着城市，像一块软质的七彩玻璃。人行道拥挤，车带慢慢地向前流动，绛紫色瓷砖在脚下凸凹不平。

“那我自己去了，撒哈拉沙漠。保重。”骑士柔软的声音贴在我的耳膜上，好像还带有那些泥土与枯草的味道。

——苏笑嫣 《骑士的旅行》

骑士的旅行

苏笑嫣

一

上大学以来，床被我下了柔软、舒适、温暖、依赖等诸如此类的种种定义。以前我是个不恋床的孩子，甚至一直认为床对于我来说是一种束缚，我讨厌它剥削我的时间，讨厌那种没有任何归属感的归属。就像家。到后来的时候，我竟然开始觉得有点累，我就好像老了一样，开始喜欢床。

上午的时候，像往常一样，我蜷在床上随手拽了个靠垫放在身后，拥着被子读了几篇小说。可是又突然觉得今天过分的温暖，阳光一下充足了起来，暖得我烦躁，想要大声地吼出来。

吼是定然不行的，但压抑的心情却终归需要一个突破点。

“好吧，我想出去走走。”我推开过于明亮而耀眼的阳光也推开一直拥在身上的被子对自己说。而后换好衣服对父亲说。父亲没有睬我。我去洗了洗脸，在这个中午的时候。虽然这是早上应该做的事。没有用水龙头，是接好的一盆水，死死的。我说，好吧，我要出去走走。然后撩起水。水就没有了刚才死气沉沉的样子。最后我满意地把这些没有活气的水一股脑都倒在了下水道里。

“真的出去呀？”父亲一边熨着衣服一边问正在梳理头发的我。

“嗯。”

“去哪？买牛仔裤吗？”父亲还是没有回头。

首先我得说这次我是真的很想出去走走，很久没见阳光了，突然它这么刺眼，我却想晒晒太阳。何况我现在有点恍惚，我想看看这个复活了的城市。至于买牛仔裤，那是我嚷嚷了一个冬天的事情，而现在已经是春天了。

“你要是去我就买，你不去我就不买了。”我想了想说。我知道自己不会砍价，只会被宰。

父亲没有说话。

“你去吗？”这时我止在系方格半大衣的毛领，最后把那两条黑带子打成一个漂亮的蝴蝶结，又把它小心地转动了一下，使它看起来端正一些。

“等我熨好衣服。”

父亲说这句话的时候我刚好在涂唇膏。透明的那种。可能是买的时间实在是长了些，也可能是屋子里的温度比较高，唇膏已经有些化了，涂的时候歪歪扭扭的，甚至可以给它塑形。我没说话，表示默认。又随手转了转食指上的戒指，上面已经有了近于奶白色的戒痕，在我棕色的皮肤上显得有些突兀。

临走的时候我在兔子背包和花布包之间犹豫了一会儿，可是发现兔子的胃装不下我的书，就只好背上了花布包。

街上的人比前些日子多了许多，人行道一下变得很窄，我跟在父亲身后沿着铺满了绛紫色瓷砖的街道艰难地前行。阳光洒在上面似乎生了质地，瓷砖看起来像被打了蜡一样的光滑。走在街上我才发现我忽略了一个事实，即街上会有不可避免的音乐，而它们毫不犹豫地打乱了我之前相对平静的思路。虽然我很有可能一直都没有思考什么。

发现自己还是穿得很臃肿，让人感觉有点儿不透气的热。然后不管是思想还是穿着，我认为我似乎应该停下来整理一下，接着我发现，我已经与父亲走散了。

二

街上喧嚣依旧，可人们都有些面无表情，我不知道这是不是因为我与父亲走散而产生的主观思想。阳光弥漫得像一层雾，并且越来越厚，越来越厚。然后我恍惚间在这条喧闹的街上看见了一个骑士，一身绅士的打扮，带着白色手套的手中牵着一匹骏马。我起先以为是阳光晃了眼睛，可是却发现他正在雾后愈渐清晰地向我走来。

他背后是一片湖，纵然有今天明媚的阳光，可能是太温和，湖面的冰还没有化掉。但是我能听见湖水在冰下不安分的声音，它们蓄意已久的小阴谋已经快要时机成熟了，它们在一点一点地稳稳工作，然后等到那一刻的到来，它们再突如其来地进行最后一击。然后，一湖春水便荡漾了起来，它们可以欢唱可以举杯可以大肆庆祝它们的胜利。一切都不远了。

而他，那个骑士，也距离我越来越近。我看见他正在面带微笑地走来，像是踩着轻快的云朵。他走到我身边，用三个指头衔下头上的礼帽然后鞠了一躬。等他再抬起头来的时候仍然挂着那个微笑，那个好像是被腌制了许久的微笑。

我也停下了脚步，静静地看着他。我只是一个佯装的旅行者，没有任何目的地，因为我只有一身的枷锁，因为总是有太多虚伪的理由，因为从未出发。所以我没有旅行包，没有帐篷，没有瑞士军刀，没有火种。可他不一样，他的装扮是时刻准备着旅行的，我认定他是一个旅行者，并且毫不怀疑。

果然，他告诉我他要去一个遥远的地方跋涉。哪里呢？我问。他却说他也不知道。也许是浩瀚苍茫的西部，也许是温柔多雨的江南，也许是开满薰衣草的普罗旺斯，也许是干旱辽阔的撒哈拉沙漠。或许别处。他说。

撒哈拉沙漠？我问，如果走不出来怎么办？你这是马不是骆驼，我提醒他。

他很奇怪地看了我一眼，走不出来就死在里面，他说，还能有别的答案吗？

我想了想："没有。"我也开始奇怪自己的问题。

倒是我可以考虑把这匹马换成骆驼，他开心地说，就像一个大男孩一样开心地说。然后他停顿了一下，你呢？他问，跟我一起走吧。说着他伸出一只手。

我看着他的手愣了一下，然后微笑着不假思索地抬起自己的手。可是，可是在我的手还没有放进他的手里的时候，我隔过他的肩，看见了父亲。呃，我想我要先和我的父亲道个别，我又把手放回自己的身侧对他说。他循着我的目光看去，说，好吧。

三

本来我们与父亲的距离是很近的样子，可是却突然变得很遥远，好像隔了许多交错的道路与山山水水一般。可我竟然觉得很正常，甚至没有感到一丝的惊诧。显然骑士也一样，他安排我坐在马上，他说你等等，我去买包干粮。我点点头，然后他也就很正常地消失了。

那些分不清楚是阳光还是雾气的东西一直在我的周围，看起来很透明，可是当我想看到那些东西的后面时，它们偏偏浓稠了起来，像棉花糖状的牛奶，遮盖住了背后的事实。至少挡住了我的目光。

过了一会儿骑士还是没有回来，我等得有些焦躁，可是马儿却是一直很安静。我想了一下，从它身上跳下来，我想和它说说话。但是很快的，我就被它的眼睛吸引住了，水汪汪的，安详中带有落寞。它的那只眼睛像是一口深邃的窖，我顿时头重脚轻地陷了进去并不断读着那其中的内容，像读着一幅美丽的图画，读着一个桑树下的月夜，读着一口装满了故事的水井。它明亮且深邃，我被它吸了进去，朦朦胧胧并且炫目多彩。

又是一个世界。

这是一个村庄，显然已经到了黄昏，草儿都很高，高瘦高瘦的，一片枯黄。风一吹，它们就低低地将身子伏了下来，那些不齐的弯曲的声音细细听来却也是一小部乐章。不知是我真的累了还是这派景色使我感到疲惫，我软软地坐了下来，就像刚刚跳过舞而发条到了尽头的铁皮娃娃。

“怎么坐在这里？”我听见声音抬起头，是骑士。他的脚下还放着一只旅行箱，死死地压住几棵枯草。那些草在箱下费力地挣扎着，意图蔓延出来，可是达不到目的。旅行箱是青铜色的，夹着些许卡其，半弧形的提手显得十分单薄地裸露在风中。箱子的四个角打了花瓣形的铁皮用以固定。我低头看了看箱子旁放的几枝白玫瑰，一样青铜色的枝条，叶子却是暗紫色，像一个女人暗着的脸。花色无限妖娆，却没有了多少生机，却与箱下压着的那些枯草无异。

我把目光从那上面收回来，又摇摇头，回答骑士：“不知道，这里是哪儿？”风把我的声音扭曲着送到外界，层层叠叠地，还有些颤抖。

“我的家乡。那就是我的房子。”骑士用手指了指。我看见一座斑驳的城堡，石像与风向标都是狮子的图腾。城堡很宏大，但也很破旧。瞬间，我想到苔藓、荆棘、蝙蝠以及怪兽。我有些惊恐。

那我们什么时候出发？

现在，就现在吧。骑士肯定地说。

我的双手支撑在地面上，指尖颤了颤，指甲扎进潮湿的泥土里。“不要了。”我说。骑士伸出的那只手依旧在等待着我，他的面容上还是那个微笑，但慢慢他的脸扭曲成那个狮子的图腾，然后是个面目模糊的怪兽，但隐隐约约我又看见那个骑士的脸和优雅的笑容。我的指甲更加深深地扎进泥土里，一些石子或是草根、草根的末子硌得我指甲里的肉发疼，“不要了。”我又说。

“不要了？那你想买什么样子的呢？”

村庄、城堡、骑士、风以及枯草突然变成一个大漩涡生生地脱离了我的瞳孔，我恍惚地抬起头，那些片段在我的脑中支离破碎。

“我不喜欢这些褶皱。”父亲拽过那条印有水纹的牛仔裤再次声明。我把目光给了那条裤子，然后说，不要了，走吧。接着我从父亲的手里接过那只花布包迈出了店门。

这次我走在前面，父亲跟在身后。

阳光依旧带着它羽翼般的厚度笼罩着城市，像一块软质的七彩玻璃。人行道拥挤，车带慢慢地向前流动，绛紫色瓷砖在脚下凸凹不平。

“那我自己去了，撒哈拉沙漠。保重。”骑士柔软的声音贴在我的耳膜上，好像还带有那些泥土与枯草的味道。

我微微震了一下：“保重。”我轻声说道。那个优雅的笑浮现在自己的面容上。而它同样也被我腌制了许久，从我见到骑士的那一刻起。于是我也把它挂在了脸上。我知道，一个带着青铜色旅行箱和白玫瑰的骑士牵着他的马或者骆驼开始了属于他的骑士的旅行。

那么，究竟是马还是骆驼呢？如果他能回来，我想他一定会告诉我。

我所无法找到的草原

潘云贵

白马奇奇跑丢的那一天，北方下了很大的雪。而南方，潺潺的溪流上飘着白色的浓雾。我记起白马奇奇说过，它要在落雪之前抵达出生时的那片草原，它要再看一眼变为雪原前的故乡。

我摸着白马奇奇软软的鬃毛，“小笨蛋，你回不到故乡的。你出发的时候，通往草原的路已经飘满雪花了。成长中的我们回不到过去。”

候鸟南迁到北纬35度以下的区域，我第一时间感觉到冬天的逼近，湖面上结了一层薄薄的冰，飘零的叶子栖在风里的样子像季节寒冷的暗示。而我的白马奇奇，消失了。执拗的小家伙背着辽阔草原的信仰嗒嗒跑掉了。

我清楚记得，白马奇奇跑丢的那天黄昏，它的小花园安静地敞开着。花园上荡着渐起渐落的风声，有白色的飞鸟落下白色的羽毛，一片片，像雪。我担心起来，小白马能在北方落雪前找到给予自己生命的草原吗？它还认得回去的路吗？

这将是白马奇奇遭遇的第一场雪，因为之前，它都生活在南方的小花园里。

一天，六岁的邻居小美拉着我的衣角问，“老师说，马是生活在北方大草原的，为什么你家的马生活在花园里呢？”小小的孩子，睁着大大的眼睛，好纯真的问题。我笑了，只回答说，“是我爸爸妈妈让奇奇住在花园里。他们说小花园没有寒冷的风雪，适合它。”

我真是粗心，忘了白马奇奇还在离我不到三米远的地方吃草呢。它肯定听见了我和小美的对话，所以，它跑了，去找它那一片北方的草原了。

冬季快来了，南方潺潺的溪流上飘着白色的雾，冷冷。白马奇奇终于狠心丢下它精心栽植的小花，跑向北方的草原了。我很伤心，它的花，我始终照料不好。那些幼嫩的枝干与花朵在三天后到来的冬季雾霭里，渐渐黯淡成少年发红的眼眶。

南方的天空下，我还在等待那匹白马的回来。天越来越冷，风声从光秃秃的树梢刮过，北方的雪积得更厚了。白马奇奇会怕冷的，它会回来的。我就这样一直安慰自己的等待。

可当白马奇奇丢下的五朵小花颓然倒下了三朵时，我骗不了自己，奇奇没回来。不行，我要去找它，去找它的草原，也在北方落雪之前。

我把原先系在白马奇奇脖子上的蓝色丝带系在手腕上，我怕它出去后会遗忘了南方，遗忘了我。我背着装上简单物品的小熊包包，带着它那些可怜的小花，在手表上显示五点二十五分的时候推开房子的门。我看见爸爸妈妈还在熟睡，幸好他们没有发现。

白马奇奇跑得很快，一路上留下的梅花样的脚印告诉我，它应该快到北方了，但它会找到草原吗？一阵大风从西伯利亚南下，我手里的花朵还沾着南方的露水。

感觉自己走了好长一段路，或者是跑了好久，感觉自己到了北方，因为雪落了下来。我终究还是赶不上在落雪之前找到草原，找到奇奇。

白马奇奇确实走丢了，我再也看不到它的脚印。或许它已经找到它的草原，而我无法找到，那片草原，像一个遥远而无法实现的梦。

我的小白马，亲爱的，你在哪里？

天还是在六点之后亮了，世界变白了。我只能看见自己身后深深浅浅的脚印，看见银装素裹的森林，还有一声落在枯枝上的鸟鸣和一些松鼠遗落的松果，灰色的，像我的心情。

北方，好安静的世界。风的低语，雪的敲击，树干微微地颤动，除此之外，我能听到的是自己的呼吸，或者喘息。

青色的光在远方的树梢间停留，雾气里结着霜，我吐出的气证明我的存在。我要去找白马，去找草原，即使雪已经深埋了我追寻的方向。

“你看见我的白马了吗？它叫奇奇。”

一位砍树的爷爷正在挥舞着斧子，生锈的刀锋依旧有力地劈开大松树结实的枝桠。沧桑的日子，就是如此被人劈开的。

“爷爷，您看见我的马了吗？”

他只是凝神地砍着大树，树倒之后凸现的年轮斑驳而深邃。他没听见我的话吗？世界只有他一个人存在吗？那我呢？还有奇奇呢？

伴随树倒下的，还有风。从远方落雪的林间而来，从白马奇奇的草原而来，载着青色羽毛的，神秘的，原始的风。

这也是北方自由游荡的风，从高空的一朵云上吹来，潮水般梳洗我不快乐的面容。白马奇奇的花在我的手心摇着头，湿漉漉的表情，似乎听懂风的话语。

砍树爷爷斧子抽动的声音越来越模糊，雪越下越大。

我还是像当初一样安慰自己，白马奇奇会怕冷的，它会回来的。

但我还是执拗地继续向前走去，就像白马奇奇执拗地去找它落雪前的草原。

火光从一间小小的木屋照出，还有一股热气，让我感到冰雪中的温暖，我似乎看到了希望。一个老女人站在门口看我，带着笑，同火光一样温暖。她知道我会来的吗？那她一定知道奇奇跑哪里去了。

“你看见我的白马了吗？它叫奇奇。”

老女人用手指指向一边，一棵倾斜的松树下悬挂着一个轻轻摇荡的秋千，上面坐着几只可爱的松鼠，它们在高兴地咬着几颗松果。然后就是秋千下面的雪地，雪地上面什么痕迹也没有。

“阿姨，您看见我的马了吗？”

她依旧用手指指向一边，相同的景致，重复的情节。我知道，她也没有听懂我的话。

落雪的森林消失了，我真不敢相信，自己走到了结着厚厚一层冰的湖上。透明的湖泊，是北方冬日冻结的水晶，阳光照在上面，闪着微微白色的光。

宽大漫长得近乎虚幻的河流，我不敢相信自己的眼睛会不会给自己制造一场骗局，也不敢想象白马奇奇是从这里跑过去的，还是滑过去的，还是压根没有从这里经过。

湖泊的中心，许多纸飞机飞来飞去，像这个季节消失的蝴蝶一样。我看见，纸飞机都在一个小男孩的手中不停地折，不停地放。

我走近他时，小男孩并没有发觉。他还在不停地折，不停地放。

寒冷的风夹着雪花，我手中的小花奄奄一息。

“你看见我的白马了吗？它叫奇奇。”

“你的白马一定是在某个洞穴里睡着了，雪落下来封住了洞口，所以你怎么都找不到。”

“那你能帮我找到它吗？它的小花快死了。”

“那它一定很伤心的。可是它应该睡着了，雪落下来，我什么都找不到。”

“你有好多的纸飞机呀，能带小花去找它的白马吗？”

“它没有翅膀，它只会坠落。”

它没有翅膀，它只会坠落。

我垂下头，徒然叹息，呵出的气竟把我风一般推向湖泊的对岸，这是我所没有料想到的。

湖的对岸，没有飘零的雪花，只有一片安静的雪睡在大地的怀里。而令我惊喜的是，雪地上踩满了脚印，大大小小，深深浅浅。我试图从中去寻找白马奇奇留下的梅花，但这确实像一幅凌乱的涂鸦，我找不到一点蛛丝马迹。

我又一次沉默，草原会在雪地的前方吗？还是草原早已变成了这片雪地？那白马奇奇呢，在哪？

北方不刺眼的太阳漏下细密的光，在安静的雪里汇成同样安静的河流。那是旧时光的银河，伴随着梦想与幻想，从年少流向少年。

一簇红色如血的火焰在银白色的世界里明亮闪着，我看到，是一只可爱的小狐狸，它的毛就像火。它手里也握着几朵玫瑰花瓣。我猜，它是在等它的小王子吧。好乖的小家伙，我的白马奇奇也像它这样听话就好了。

“你看见我的白马了吗？它叫奇奇。”

小狐狸眼珠一转，跑了，像团火，熄灭在冬天的雪地。

我好难过，一直苦苦寻求的问题始终得不到它该有的答案。

“成长中的我们回不到过去。”

辽穹的天空，有风吹来，不停地从雪地的一侧吹向另一侧。我听得清，是白马奇奇的声音。

我找到奇奇了吗？我找到草原了吗？

“成长中的我们回不到过去。”

“奇奇，你在附近吗？你快出来。我答应你，不跟爸爸妈妈说你是独自跑出花园离开家的，你可以待在你的北方，你的草原。但请你出来，你看你的小花，它们都快死了。”

“成长中的我们回不到过去。”

这是我曾经对白马奇奇说过的话，此刻却被它拿出来不断地重复。

一阵汽笛从雪地的远处响起，像冬日里没有南迁的鸟唱出的歌。白马奇奇的声音，消失。风还在寒冷地吹。

那些游荡在幻想之外的光芒，穿过重重叠叠的云层，映入少年不清晰的梦境。

白马奇奇的声音真的消失了。剩下落雪的森林，结冰的湖泊，安静的雪地听着风声。小花的主人彻底不要它们了，可怜的小家伙奄奄一息，幸好还有一朵倔强地抬头。我想，白马奇奇和它的草原将会成为我的梦，遥远而无法实现的梦。

但多年以后的自己，还记得年少时的梦吗？

像一朵永不凋零的花。

成长中的我们回不到过去。

那就让我回家吧，从北方回到南方，在爸爸妈妈没有醒来之前。

我疯狂地奔向雪地的远处，那汽笛响起的地方应该有一列火车，长长的铁轨，一节一节的枕木铺向回家的路。

我不敢相信自己奔跑的速度可以如此之快，在疾驰的风声里像一只鸟，但我却掉落了我的羽毛。我背上的小熊包包，手腕上蓝色的丝带，永远遗落在北方的土地上，像我不敢触及的回忆。

但我无疑又是个幸运的人儿，在挥起火车启动的红色小旗之前，我正好搭上开往南方的列车。

八点五十九分五十秒，火车启动。风一般地穿行，从北方到南方。我坐在靠窗的位置上，同火车有节奏地倒数时间。

九点的时候，我要到家。

十

窗外的风在我没有察觉的时候，拐走了白马奇奇留给我的最后一朵小花。一切都该说再见了，对吧？

九

我终究无法找到草原，无法找到奇奇。

八

又一次出现了幻听，是从落雪的森林，结冰的湖泊，高远的北方传来的。

成长中的我们回不到过去。

七

这不是我自己曾经说过的话吗？记得还有一句：

你回不到你的草原。

六

白马奇奇应该会过得好吧，它一定在落雪前找到了它的草原。

五

我要回家了，找不到的就算了，像一阵风从身上吹过。

四

早上快九点的车里，人为什么也这么多？他们都是出来寻找过去又找不到而回去的吗？

三

快结束了，你一定会说，这是一个多么简单而失真的故事。

二

越来越近，越来越近，成长的声音。我的白马，我的草原，小花，雪地，森林，湖泊，都过去了，Goodbye!

一

回家了，希望爸爸妈妈还没有醒来，或是还没有发现。

零

九点，到家。

伞下不再有你

周金壮

夜已深，钟在无力地摇摆，窗外淅沥的雨丝催动我的心弦，触动我最敏感的神经，周围的一切被黑暗笼罩，只有我晶莹的泪光闪烁着点点光亮。

又下雨了！熊猫，你在那边过得还好吗？你那边是不是也在下雨？

相遇，初识，尴尬

我和熊猫是在初三刚开始的时候认识的，那天，我像往常一样踏着预备铃走进教室，忽然发现自己位置旁边多了一个男生，我没多想就走了过去，放下书包，坐下后，他对我微微一笑，打过招呼后，我们就算认识了。我仔细地打量着我的新同桌，一张棱角分明的脸，五官端正，鼻梁很高，耳朵和我的耳朵一样都是“招风耳”，最有特点的是他那双不大不小的眼睛，可能是因为眼睫毛又长又密的缘故，他的眼睛从远处看就像两只“熊猫眼”，于是背地里我给他起了个外号，就叫熊猫。他的皮肤呈现着健康的小麦色，身高大约一米七八，身材一看就知道是锻炼过的，下课后，我问同学才知道他是新转来的。一整天，我们都没怎么说话，可能是因为面对陌生人而且我又不善于表达，每次想和他说话，话到嘴边又咽了回去，我们就这样尴尬地度过了一天。

新学期我有了一个新同桌，一个有着一双“熊猫眼”的男生。

雨伞，热水，快乐

随着时间的推移，我和熊猫渐渐熟悉起来，话也越来越多，我发现熊猫性格随和，脾气好，很细心，简单地说就是“好欺负”。他最喜欢体育课和数学课，最不喜欢语文课，而我正好相反，他比我大一岁，并且很巧的是他和我住在同一个小区。

一天下午，天一直灰蒙蒙的，空气的闷热让我像一条离开水的鱼，浑身不舒服，太阳害羞似地躲了起了，没有一丝风，知了停止了嘶鸣，是暴风雨来临的前兆吧？那天下午，我又起晚了，手忙脚乱地收拾好就冲出了家门，连老妈让我带伞的嘱咐都抛在了脑后。临近放学，大雨果然准时“赴约”，瓢泼大雨从天幕倾泻而下，冲刷着大地，树枝和树叶在暴风雨中无助地晃动。我望着窗外发愁，真后悔不听老妈的话，熊猫看出了我的忧虑，他拍拍我的肩膀说道：“兄弟，没带伞是吧？Don’t worry，我带了，咱们一起回去。”我转过愁云密布的脸冲熊猫一笑：“谢啦！”

放学后，我以最快的速度收拾好书包冲下楼，熊猫已经在那里等我了，熊猫拿了一把很大的伞，真是人大伞也大。出于感激，我主动提出我来撑伞，熊猫同意了，雨真的好大，没过多久，我和熊猫的鞋就湿了。一路上，熊猫滔滔不绝地给我讲了很多关于他原来学校的事，我专心地听着。由于熊猫太高了（我当时只有一米七）我一直伸直着手臂举着伞，手臂酸得要命，我不停地捶着酸痛的手臂。“要不，换我打会儿吧。”细心的熊猫对我说道，我虽然不好意思给他，但又实在很累，道声谢谢后，就把伞给了熊猫。熊猫撑着伞，我和他说了我给他起的外号和外号的由来，他非但没有生气，反而乐呵呵地接受了这个爱称。雨还在一直下，高大的熊猫把伞举得很高，雨水趁机溜了进来，打湿了我的脸，我抹去脸上的雨水对熊猫说：“熊猫，伞低点，我都淋湿了。”“老大，我也在淋雨好吧。”熊猫一脸无辜地说，我看看熊猫，果然，熊猫的身上也湿了一小片。我抬头看着熊猫说：“也是哦，不好意思。对了！你刚刚叫我老大，这两字我喜欢，以后我就当你老大好了！”“嗯……随便吧。”从那天起，我成了熊猫的老大，熊猫和我成了最要好的朋友。以后每个雨天，我都会跟熊猫说：“熊猫啊，又麻烦你了！”熊猫无奈地笑笑然后我们一起撑伞回家，我心安理得地享受着当“老大”的感觉。

我从小就是一个自理能力很差的孩子，我不喜欢喝热水，可是经常因为喝了凉水而拉肚子。于是，熊猫每天都给我接热水，放到水的温度接近凉水的温度时再拿给我喝。每次向他道谢，他都会说：“谢什么，这么见外，对老大服务，义不容辞。”就这样，熊猫给我接了一年半的热水。

熊猫虽然人高马大，但从来都不欺负小，倒是他经常受我这个老大的“欺负”。一次体育课下课回到教室，熊猫说他眼睛里有东西，很难受，让我帮他看一下，我小心地扒开他的上眼皮，认真找了起来，然后一脸无辜地对熊猫说：“熊猫，恕老大能力有限，我找了半天，都没找到你眼睛在哪，两团‘黑眼圈’你让我找什么啊？”说完我狂笑不止，熊猫无奈地揉着眼睛，最后连眼泪都揉出来了，灰尘也没了，熊猫对还在笑的我说：“老大，你也太没心没肺了吧！”说完也和我一起笑了起来。只要熊猫在我身边，每天我都是快乐的，所有的不痛快因为他的出现全都烟消云散了。

别离，不舍，想念

熊猫是在初三最后半年转走的，他去了他爸爸的老家——重庆，他走的那天，我们正在上课，他也没有告诉我他要走，他怕我伤心，但最后还是让我知道了。我冲出教室向校门口跑去，远远看见熊猫正准备上车，“熊猫！”我喊着冲到他的面前，熊猫面带惊讶刚想说什么就被我捶了一拳：“熊猫，太不够义气了，走也不跟我说一声！你还认不认我这个老大了！”“老大，我……”我勉强地笑着对他说：“回去看同类也不至于这么急！去了重庆别忘了我就行了。”熊猫只是默默地点着头，我知道他心里也很难过，却不愿说出口。我转身就走，不想看到熊猫那欲言又止的表情，更不愿让他看到我即将夺眶而出的眼泪，因为在他心里，我永远都是一个快乐的孩子。等我再回头时，熊猫已经离开了……那几片被风扬起的树叶仿佛是熊猫最后的依依不舍。

熊猫和我当了一年半的同桌，成了我最要好的朋友，我们也闹过别扭，每次都是熊猫主动先找我和解。熊猫走后，我的生活全乱了，上学经常没水喝，心情不好也没人诉说，动不动就想发脾气。熊猫走后的第三天，下雨了，虽然不大，可我又想起了熊猫，绵绵细雨勾起了我对熊猫的想念，往日的快乐一次次在脑海中闪现。放学后，我呆呆地站在楼下却猛然醒悟熊猫已经去了重庆，我缓缓拉开书包，拿出雨伞（其实我一直都带着雨伞，我想熊猫他早就知道了），慢慢撑开走进雨中，我故意把伞举得很高却发现伞下已没有了熊猫的身影，雨水又一次打湿了我的脸，眼泪和着雨水顺着脸颊流淌下来，模糊了我的视线……

生日那天，我收到了熊猫发来的电子邮件，里面是一张照片和一封信，照片上是高大的熊猫开心地与两只货真价实的熊猫的合影，信上说："老大，生日快乐！我在重庆过得很好，新学校也很好，给你发的照片你看到了吗？那是我的'亲戚'，是不是很像？老大，没我在身边你要照顾好自己，要勤快点，别老喝凉水，凡事都要乐观，每天都要快乐地度过才行，下雨的时候不要忘了带雨伞，不能再给你打伞了，等我放假了，我回去看你啊！"

我又有了想哭的冲动，我点击回复写道："熊猫，真的很羡慕你能和你'亲戚'合影，到了重庆不要光顾着玩，要好好学习。在新学校如果有人欺负你，你告诉我，我帮你扁他！熊猫，那天下雨的时候，我独自一人撑伞回家，发现没你在身边，我很难过也很失落，我会照顾好自己，放假了一定要回来，还有就是熊猫：老大我很想你！"

点击发送后，眼泪又一次滴落了下来，泪水落在键盘上，低头一看，温热的泪水中映射着我的悲伤，抬头仰望星空，我喃喃自语："熊猫，即使伞下不再有你，我也一定会快乐的生活，你也是这么希望的吧？万水千山，不论我们相隔多远，我都会一直想念着你，祝福着你，因为你是我一生最好的朋友！"

像水一样干净

姜兴蔚

寞寞打开好友的空间，写下留言：

惜惜，你还是不肯原谅我吗？

我会等，一直。

寞寞有些颓然，上学去了。

进了教室同学递给寞寞一封信："有一个叫李涵的下午来找过你，这是她给你的。"寞寞欣喜地接过来，又有些遗憾，要是下午没回家，就可以见到涵涵了。

涵涵的信写得很长，她说，天空总是太亮，亮到慌张，而自己一直寻找的答案，遥遥无期。

寞寞和涵涵的友谊可以追溯到2003年，她们上初一。那时寞寞不叫寞寞，叫扬扬。因为那时的她张扬得很，开学做自我介绍时说："我叫张扬，大家可以叫我扬扬。"扬扬也是有张扬的资本的，靠自己的好成绩在学校横行霸道，当然，这是不喜欢扬扬的人说的，大多数喜欢扬扬的人说扬扬自信，多才多艺。

可是麻烦不能消除。一天扬扬被一个叫宋可的女生拦在了楼梯口，她说："你很强势吗？"扬扬没有抬头，低头看着剧本，轻轻问了一句："你很强势吗？"宋可怒火中烧，这时突然走来一个人，说："扬扬，老师找你背台词。"于是扬扬转身离开，她对来的女生说："谢谢……其实，我刚从老师那背台词出来。"然后两人一起沉默。

眉眼温柔的涵涵成了扬扬的好朋友。

就像很多女孩子一样，她们一起上厕所，一起吃饭，一起回家，相互交换彼此的秘密。

涵涵手巧，会编织很漂亮的围巾。初三的3月，涵涵织了两条围巾，送了一条给扬扬。扬扬拿到围巾的那天难过地说："我怕我们以后的冬天不能围着一样的围巾在学校到处晃……"涵涵没有说话，铃声响起时，涵涵低低地说："扬扬，为了你我会努力。"

涵涵开始努力地学习，疲倦的样子让扬扬心疼，扬扬说："涵涵，别这样。"涵涵笑："扬扬，我不努力，以后你上高中就没我照顾你了哦。"扬扬正色道："那他呢？"将涵涵的头偏向窗外。

南林。

南林是涵涵喜欢得一塌糊涂的男生，看见南林的笑就兴奋地向扬扬描述一番。扬扬喜欢看见涵涵高兴的样子，便也喜欢了南林，放心地将涵涵交给了他。扬扬有时会问，涵涵你喜欢他什么呢。涵涵就说扬扬你懂吗，当你缺少爱的时候有另一个也缺少爱的人来疼你，是不能奢求的幸福啊。于是扬扬就知道了关于南林的很多事情。南林曾在新年时一人跑到河边丢了一天石子。因为父母怄气了，谁也没准备过年，谁也没心思管成绩不好属于混混一类的南林。涵涵和扬扬也曾这样做过。新年时姑姑回家了，戏说，扬扬，你弄坏我的相机还没赔呢。扬扬恐惧顿生，约涵涵出来在河边呆了一天，唱了一天晦涩的歌，涵涵递了一天的纸巾。回家后涵涵的父母什么都没问，他们已习惯了女儿的突然离开，就如同涵涵已习惯了冷漠地对待他们，对待他们渐高的要求和永远使他们忙得来不及问涵涵好不好的工作。扬扬不同，回家后挨打了。扬扬一直记得那晚自己的哀哭和妈妈抡过来的扫帚和爸爸的拖鞋，在记忆中，面目狰狞。扬扬熬不住了，说我再也不跑了，你们别打了……扬扬睡觉时，身子疼得不能躺，只好站在窗前，看了一夜的黑暗。悲哀在爸爸均匀的鼾声中一圈一圈扩散弥漫。

扬扬的恐惧，是从小就有的。是多小呢？当每一次身体的疼痛让人哭泣时，扬扬开始学会恐惧。小时候爸爸放在门后的棍子，是扬扬每夜梦中的主角。而挨打的原因，无非是宋可向父母告状说扬扬在学校说自己无所不能，骄傲了，或者四年级的扬扬听妈妈讲了三遍初二的鸡兔同笼的题目仍不懂。

后来，鸡兔同笼懂了，而扬扬一直不懂，他们为什么不原谅我呢？在记忆中努力搜寻，想不起自己曾说自己无所不能。

你看见的快乐的扬扬，内心的恐惧盛满了青春——为什么不原谅？这比To be or not to be更难回答。

此时的南林看着涵涵，眼神复杂。

“你出来一下好吗？”南林的声音有些沙哑。涵涵突然感到紧张，跑了出去。

那时是3月，2006年的3月。风吹过，是少年深深浅浅的心事。

南林看着不知所措的涵涵，弯下腰，拂开她眼前的头发：“涵涵，你为什么不理我呢？”涵涵眼里一下子雾气弥漫，她拉住南林的衣角：“我也不想，可是我要很努力地学习才能和扬扬考上同一所高中。”南林的眼神黯然：“你不愿意和我在一起吗？”涵涵抬起头：“我不可能……”话未说完，铃声尖锐地响起。涵涵只得匆匆跑回教室。

她没有回头，因为南林曾说涵涵哭的样子不好看，他不喜欢看见涵涵哭。

隐藏在3月风中的秘密，吹过。

寞寞收好涵涵的信，开始做作业。

学习委员上讲台念学习兴趣小组名单。所谓兴趣小组，其实就是优生帮助差生，名字一个个念下来，声音回荡在教室里，砸在一个个人心上。

“宋可帮助严妍。

许智伟帮助张扬。

……”

寞寞的眼泪，不争气地掉了。她分明听见，学习委员，那个四年前把她拦在楼梯口的宋可说：“许智伟帮助张扬。”

这是多么的耻辱，不可接受。

扬扬是在上高中之后将名字改成寞寞的。高一上学期期中考试，扬扬面对物理的加速度和化学的摩尔，硬是压住心中泛滥成灾的厌烦，一题一题计算，一分一分挣到手，考了班上第八名，上了年级的A线。本以为这样能赢得哪怕一丁点凶神恶煞的班主任的好感，但结果是班主任把扬扬喊到外面，指着扬扬的腿说：“你的马靴蛮时尚嘛。”

听到这句话的时候扬扬顿时破灭了对自己能立足于这所有少年管教所之称的省重点高中的希望。无论扬扬考多少名，狠下心放弃了自己的张扬，努力乖乖的，评优评先总无扬扬的份。直到进了文科，才摆脱了那个总是阴沉着脸的班主任。

扬扬，哦，应该是寞寞，无法忘记，班主任寒冰般鄙视的目光。

虽然马靴依然穿，个性签名由曾经的“我是张扬，请叫我扬扬”改成了“我是张扬却永不再张扬”。

该祝贺还是该悲伤，扬扬，再见。

然而，寞寞难以置信的是，自己就真的沦落为差生了吗？曾经的扬扬，真的永远离开了吗？

或者，是娥眉曾有人妒？

寞寞放下笔，开始策划一次——伟大的出逃。

理由很简单，这个学校毁了我，我却无法毁掉这个学校，便只有出逃。

这是寞寞写给涵涵信的第一句话，下一句话是，亲爱的涵涵，我会为你找到一个答案。然后是寞寞的署名。

寞寞想自己真是被这学校毁了，更准确一点，是被这世界毁了。

寞寞已忘记自己是从何时开始越来越落寞，越来越抑郁的。因为，一直以来家里都是战乱频繁，任何一次极平常的战争都可能造成这样的影响。但寞寞记得的是，自己变得像现在这般颓废，是在上高中之后。除了那个从不给自己好脸色的曾经的班主任，还有读文科以后接踵而至的打击。

寞寞除了涵涵外没有人疼，仍是独来单去一个人。

寞寞的父母像从前一样只会吵架。

寞寞的努力依然像未分科前不被认可。

寞寞的才华依然像未分科前被所有人遗忘。

寞寞的成绩，信心，梦想，一碎再碎，一退再退。

寞寞成了真正的寞寞，宋可成了曾经的扬扬。

寞寞今天在父母的争吵中醒来，午夜的咒骂已经被时间模糊，成为司空见惯的声响。寞寞翻过身蒙上被子继续睡，在梦中，便可以暂时忘掉这个满目疮痍的世界。

这样的日子，你以为一觉醒来过了漫长而不堪的一生，其实才六个小时而已。

早上从家庭的战火中逃出来，现在计谋又一次逃离。寞寞突然觉得，自己又将成为扬扬，自由快乐明朗的扬扬，而不是现在忧郁悲伤孤僻的寞寞，令人生厌的寞寞。

值得庆贺，扬扬快来，寞寞滚开。

寞寞在纸上写大大的字——绝不原谅。

绝不原谅，因为你们给我的伤痛，那么那么多。

寞寞坐在去涵涵学校的公交上，去看看涵涵，将信交给她，这是离开前惟一要做的事。寞寞计划得很周到，早上六点给班主任打电话请了病假，这样一天没有去学校也不会引起怀疑。然后像往常一样背上书包出门，书包里只有一张银行卡，几本喜爱的书，与涵涵的通信，还有涵涵织的围巾，以及一张照片——寞寞和涵涵穿着短裙围着一样的围巾，放肆地笑，却又带着泪——涵涵最终还是未能和寞寞在同一所高中。

中考结束那天，扬扬走出考场，看见涵涵蹲在地下哭，双肩抽动，扬扬顿时心如刀割。她搂住涵涵："不要哭，我们现在一起围围巾到处晃好不好。"

于是就有了这一张照片，于是就有了我们刻骨的孤单。

这其实是早已预料到的结局，只是为了不遗憾，才没有放弃努力。

南林消失，涵涵你怎会两耳不闻窗外事，一心只读圣贤书。

这是那个3月风中的秘密，无人知晓的秘密。

南林消失得无影踪，涵涵从3月开始恍惚。

和南林一起消失的，还有惜惜。漂亮可爱的惜惜，扬扬涵涵曾经的好朋友惜惜。一切都没有预兆，只是在一个极普通的清晨，没有了两个人的影子。

寞寞还记得她第一次看见惜惜时的情形。初三开学，惜惜从外校转来，一个人坐在最后面，刘海垂下，遮住了眼睛。一身不俗的装扮，显示出优越的家境。

上作文课，扬扬念完自己的作文后，惜惜让人意外地站起来，开始念自己的作文。声音让人想起秋天哗哗落下的树叶，干燥又悲哀。那是一篇写友谊的文章，写惜惜的初三，惜惜的朋友们，还有分离的眼泪。原来惜惜是复读生。原来惜惜有那么丰富的内心世界。文章没有念完，因为惜惜哭了。扬扬也没有点评完，因为扬扬哭了。下课后，扬扬牵着涵涵，对惜惜说："你很有才华，而且很漂亮。"阳光照在惜惜身上，她撩开头发，笑了。

亲密无间。三人趴在阳台上，为篮球场上的南林加油，讲述生命中盛开或者枯萎的花朵。

冬天来临，期末考试结束结束后各自回家。三人保持着紧密的联系，经常在街道上一起晃荡到黄昏，分吃一个冰淇淋，冻得龇牙咧嘴。

直到有一天，惜惜哭着说，她爸爸被绑架了。

扬扬和涵涵有些站立不稳。似乎永远都只会在电视中出现的故事竟然发生在自己最好的朋友身上。涵涵温柔地安慰惜惜，扬扬只是沉默。最后三人一起哭了。在安静的路上，哭声传得很远，像是要撕裂阴冷的天空。

假期结束，扬扬涵涵牵着疲倦的惜惜回到学校，说，你看我们又可以在一起趴阳台了，惜惜，不要再哭了好不好。

假使可以一直这样多好，后来的寞寞一直这样想。

扬扬听到宋可那句话时，几近虚脱。“那个女孩的爸爸吗，就是那个书记，贪污犯，寒假被抓了。”扬扬盯着宋可：“你必须为你说的话负责。”宋可讥诮：“你真以为像她说的那样她爸爸被绑架了啊？全校都传遍了就你跟李涵不清楚！”说罢扬长而去。扬扬无力地蹲下来，埋下头，闭上了眼。

“涵涵，我们不原谅她对我们的欺骗。”

第二天，当惜惜站在她们面前道歉时，扬扬粗鲁地打断了她：“我们凭什么要原谅你？”有什么东西，在心中纠结，然后断裂，流出鲜红色的汁液。

可是她们后悔了，当她们听见惜惜的哭声时，不能原谅自己为何不原谅惜惜。只是在年少倔强的岁月中，有太多的事情无法挽回。

当他们离开后，涵涵垮了。

涵涵不原谅。不原谅自己那时为何没有回头再看一眼南林，不原谅南林和惜惜为何选择同时消失，让人多疑虑，多伤心。原本干净的感情，染上了背叛的气味。

只能一遍一遍地询问，谁能给我他们为何消失的答案。

寞寞到达涵涵学校时，下了第一节课。寞寞就像从天而降一样出现在独自趴在阳台上的涵涵面前。涵涵欢呼着转了一圈，才感觉到不对劲，寞寞应该在学校上课的。涵涵疑惑。寞寞看出涵涵的不解，刮了下涵涵的鼻子："涵涵，你又瘦了哦。不许不吃饭。嗯……这信给你，我要去学校了，是请假出来看你的。拜拜。"然后仓皇离开。

涵涵看完了寞寞简短的回信，凝望着寞寞的背影。寞寞没有回头，因为她不想看见涵涵落寞的样子，也不愿让涵涵看见自己放肆滑落的泪水。

寞寞来到火车站，买了一张开往W市的票，时间还早，寞寞进了网吧。当QQ登上时，寞寞的心悬了起来，有消失了一年多的惜惜昨天的留言：

扬扬：

我终于明白，青春需要原谅。

当你和涵涵因我的谎言而不原谅我时，我也决定不原谅你们。只是，当我们分离了，我却发现我真的离不开你们。每次看见你的留言，我都难过。我想原谅，却没有原谅的勇气。因为我们曾伤得那么深。但今天我想说，我爱你们，让我们彼此原谅。

那个秘密，让我来告诉你。我和南林因为不原谅，策划了一次离开。他无法接受涵涵对他的疏远，他一直在想那天涵涵只说了“我不可能”的未完的话到底是什么，是“我不可能和你在一起”吗？他认为是这样。而我在双重打击之下只能离开。我们逃离到了Y市。我托亲戚帮忙进了一所初中，南林则放弃了学业开始打工。我和南林，你和涵涵，从此生活在不同的世界。

而我现在原谅了，你知道为何吗？是因为，明天南林就出狱了。南林因为报复世界进了监牢。我开始懂了，这世界加给我们的伤害太多，而最大的伤害，就是让我们不会原谅。因为不原谅，所以不会被原谅。这使得我们收获的只有疼痛，只有一次又一次地继续犯错。

惟有原谅，才能救赎我们不被原谅的青春。请你们原谅我和南林，原谅自己，原谅这世界。也请相信，我和南林之间，就像水一样干净。

我明天会和南林来看望你们，你和涵涵上午十点来车站接我们，好吗？

扬扬内心波涛汹涌，看了手表，九点半。飞快关了QQ，退了车票，奔到出站口。像是在等候迟到的幸福。

当惜惜和南林站在扬扬面前笑时，泪水又一次滑落。扬扬抱住惜惜：“我们一起去看涵涵，好吗？”

山的那一边

王黎冰

老爸最喜欢的童年朋友是家乡大山深处的一个哑巴，他经常讲起他和哑巴的故事。

老爸说，这个哑巴叔叔，我们一直叫他哑哥。

俗话讲，十聋九哑。据说哑哥虽然听不见老爸他们叫他，但一看见大家冲他说话的口型，就像什么也明白，乐滋滋地点头微笑。

老爸说，哑哥的乳名叫狗娃，因为聋哑，如今很少有人叫他的真名了。

老爸听哑哥的母亲说过，哑哥年幼时并不聋哑，三岁那年，一场大病，令他突然失语。

后来，人人都知道了，哑哥虽然不能张口说话，却极机灵聪明。许多农家小手工，只要被他看过一眼他就能自己动手。

老爸说，小时候的他总喜欢影子似的跟在哑哥的后面。

夏天，老爸跟他一起到山脚下的涪江里游泳消暑、捕鱼摸蟹；春天，老爸与他一起站在山顶扯着长长的线放飞风筝；冬天，老爸拽住他的衣角在被大雪覆盖的学校操场上奔跑；腊月三十、正月十五，老爸与他在年味浓浓的门前放烟花、放鞭炮，他们把耳朵捂着，躲得远远的，哑哥则面无惧色，勇敢地把鞭炮拿在手上燃放。

老爸说，哑哥父母养育他们兄弟四个，哑哥是老大。

作为长兄，哑哥牢牢地确立了他在家中大哥的地位。几乎所有的重活累活，他都在头里干，有好吃的总是让给他的弟弟们。

学校上课遇到下雨，哑哥总是打着雨伞在校门口早早等候。

老爸说，每年一放暑假，老爸便和哑哥的弟弟们一道，跟哑哥出去到山沟里捉泥鳅、螃蟹，那是一件非常开心的事。天放亮出去，傍晚他们准能背上沉甸甸一竹篓子泥鳅、螃蟹回来。

老爸说，那个时候，家里能有些荤腥打打牙祭，全仗哑哥。

捉泥鳅、螃蟹常要去十几里、几十里的大山下的河堤、江滩，中午一般不回来。每次出门，我婆婆总是准备好油饼或馒头给他们当午饭。

在那个饿肚子的年代，往往到不了中午，就已是饥肠辘辘了。而所带的饭，哑哥多半留给了我老爸，他自己则拔根生红薯充饥。

哑哥不会说话，也听不见，但只要全家人围坐在一起，他总是津津有味地“听”老爸说，神情也随着老爸说话的语调变化着。老爸他们高兴时，哑哥跟着高兴；老爸他们为某一件事担忧时，哑哥跟着忧虑。哑哥也喜欢“听”老爸拉二胡吹口琴，他或许是借老爸的琴声诉说自己对命运的忧伤。

在那困难的岁月里，哑哥与老爸全家人一起品尝生活的艰辛，与父母共同经营着这个略带苦涩却不无温暖的家。

老爸说，哑哥重兄弟情义呢。

老爸当兵那年，他戴着大红花，走在乡亲们欢送的行列里，哑哥一直伴着老爸走到山下的新兵集中地。他其实不知道老爸去哪里，也不知道老爸出去多长时间。

当我老爸挥手告别时，哑哥一脸茫然。

回家后，哑哥不停地向父母打探我老爸的去向，天天跑很高很高的山顶或山腰四处寻找老爸的下落。

有人打手势告诉他，我老爸去了山的那一边一个老远老远的地方，是拿枪杆子保卫祖国的，让他别找了，哑哥半信半疑，仍放心不下。

在我老爸走后的半个多月里，他经常在山林里躺着，郁郁寡欢。

直到我老爸把穿上军装的照片寄回了家，他才停止了寻找。

当兵第二年，我老爸出差路经绵阳市，有机会回老家看看。

刚一进山村，眼尖的哑哥大老远就认出了我老爸。他一边嘶哑地叫喊着，一边飞也似的从山腰奔跑下来，疯狂地向我老爸冲了过去。

老爸说，哑哥终身未娶，有热心人为他牵线提亲，终未能成婚，他固执地独善其身。

如今，哑哥年逾六旬，依然和年迈的父母生活在一起，家中的五亩多责任田、山上的经济林主要靠他。村上家家户户种的庄稼，收获的水果，数哑哥的长得最好，收获也最丰。

哑哥对父母的孝顺，也是邻里啧啧称赞的，父母多年来一直由他照顾。

他母亲感慨地说，你们弟兄四个，要数哑哥最贴心。

哑哥一辈子没出过远门，山的那一边的世界是个啥样，他不知道。

去年国庆节，我和老爸回老家想把哑哥接来绵阳。

毕竟遭遇过“5 · 12”大地震灾害的他，转眼间就失去了三位亲人，如此哑哥的心情一定很差很糟糕，于是我们父子决定带他到城市看看风景，放松一下遭受过震灾的内心。可他却摆摆手示意山间的地里有活干，他只希望我老爸尽可能抽空回来看看他就足够了。

离家时，他把我老爸和我喜欢吃的芋头、花生和金针菇、核桃、榛子、野兔、荞麦面等家乡土特产，装了满满一蛇皮袋，并用笨拙的手语示意我老爸在外面安心工作，家里的一切他会照顾好的。

望着哑哥历经风霜的脸庞，我和老爸发现哑哥这些年老了许多，神情也有些木然，手上的老茧戳手，老爸不由得鼻子发酸，止不住眼泪夺眶而出……

爸妈和我是同学

周　羽

进入初中的第一次期中考试，我就全线崩溃——语、数、外三门主科，没一门及格。班主任气急败坏地打电话叫来了爸爸妈妈，我知道，今夜有“暴风雨”。

我在大街上游荡，不知道怎样才能避免回家后的“河东狮吼”和“男女混合双打”。猛然，我想起哥们儿徐晓东的“经验介绍”。

“用离家出走威胁他们啊。上次进网吧玩游戏被吴老师捉住告诉了我爸爸，我怕回家挨打，就躲在一家网吧不回家——网吧包夜只要六块钱，再加三块老板还提供晚饭。等第二天下午我爸他们找到我时，心疼得不得了，回家后连一个指头都没动我，虽然也批评，但语气都不敢重，生怕我再跑了。现在每家就一个孩子，家长哪敢动真格……”

摸摸口袋——一分钱都没有，每天除了吃饭的四块钱，他们一般不会多给，哪像徐晓东的爸爸，每天给他几十块钱。做生意的就是财大气粗。

天空飘起了蒙蒙细雨，我无处可去，只好躲进一栋待拆的楼房里——城市里到处大面积拆迁，好多房子搬空了楼还没拆，我们经常在里面玩耍。摸索进一间房里面，空洞洞、黑乎乎的，有点冷，也有点难闻的气味，平常人多来玩时倒是没觉着。我又累又饿，卸下书包垫在屁股下靠墙坐了下来。

我很懊恼，说不清懊恼什么，就觉得心情很不爽。唉，我用拳头狠狠捶了下墙壁，想大声喊一喊发泄一下，但没敢发出声。忽然，被我捶过的墙壁上白光一闪，一个圆脑袋圆身体茶杯大小通体发亮的小怪物出现在我面前。我瞪大眼睛盯着他，思维仿佛凝固了。

“嗨，你好！很郁闷是吧？”他的话我居然能听懂。

“你……外……外……星人？”我感觉自己有些结巴。

“不，按你们的说法应该叫‘小精灵’吧。”他说话时眼里带着笑意，小小的嘴巴像孩子般翘翘的，很可爱。

哇，这世上居然真有童话中的小精灵，而且被我碰上了，我偷偷掐掐自己，疼，不是做梦。

“你从哪儿来？还有其他人吗？你们小精灵说话和我们人类一样吗？你……”我太好奇了，有一大堆问题想问。

“哎呀。”他打断我，“别问那么多，保持点神秘感好不好！”

“那，我不知说什么了。”我有些不知所措。

“嘻嘻嘻，”他快乐地笑起来，“你真逗！”他边说边跳到我腿上坐着，“我有魔法，可以帮你的。”

一听这，我来劲了，就是嘛，小精灵都是有神奇魔力的，书里说过么。“我希望回去不挨打，我希望考试考高分，我希望考上重点高中再考个重点大学，我还希望找个好工……”我不假思索地说了一大串，还没说完却被他打断了——

“停停停，我忘了告诉你，我的法力只能保持两个月，两个月后一切会恢复原状。”

那该怎么办呢？我抱着双臂冥思苦想。

“今天回去不挨打，下次考不好还是会挨打。”我嘟哝着，“每次没考好，他们就会骂我‘笨’‘没出息’，烦了还打我，我也想考好哇，哪个学生甘心当差生！哼，他们根本不理解我。”我的语气有些激动了。

“你想你爸妈像徐晓东爸妈那样？”

我摇头。虽然我成绩差，但我还是有辨别能力的。徐晓东将来可以跟他爸做生意，他也有这方面的天赋，但生意场上的风险多大啊——电视里都这么说的，况且我对这没兴趣。其实我佩服我爸妈，他们从农村考上大学，成为律师和医生，但我讨厌他们不理解我，他们觉得自己很聪明又学习好，而我却这么笨这么差。我笨吗？我觉得我根本不笨！

“要不，我把你爸妈变成12岁的模样，跟你做同班同学体验一下你的生活？”

和爸妈成为同班同学？每天一起上学一起放学一起写作业……既然是同学，他们就不能吼我更不能打我，他们只能耐心帮助我，哇，这个想法太有创意了！

“但，他们的工作……他们不上班，我们家不会没钱过日子吧？”

“放心吧，一切我来搞定。两个月后他们仍是好律师好医生。”小精灵从我腿上跳下来，“就这样定了，你赶快回家吧。我先走一步。”话音刚落，白光一闪，他就消失了。

我一口气跑到家门口，心情激动地按门铃。门开了，两个比我矮的人站在我面前，吓我一大跳。仔细一看，是我爸妈。哦，我想起来了，他们像我这么大时，营养不良，难怪比我瘦小得多。

“快进来吧，还没吃饭吧？吃完了赶紧写作业，明天我们一起去上学。”我妈平静地说。看来，小精灵把一切都安排好了。客厅的沙发上多了两个鼓鼓的书包，那一定是为老爸老妈准备的。

第二天早上，我们一家三口进了教室。吴老师已经站在讲台上督促早读了：“来，大家安静一下，我向大家介绍两位新同学：马建东、刘英丽。希望大家能友好热情，让他俩迅速融入我们这个班集体。”吴老师看我傻愣在一旁，对我挥挥手，示意我回自己座位去。然后环视一遍教室，对第四组说：“来，第四组同学都向后移一排，把第一排的位置让给两位新同学。”我瘦弱的爸妈只能坐在最前排。当然，在学校我不能喊他们“爸妈”，我得直呼其名——马建东，刘英丽，呵呵，还真有点不适应。

第一节课是吴老师的语文课，我爸妈，不，马建东和刘英丽尽显当年好学生的本色，踊跃举手发言，不断赢得吴老师的赞扬——“很好，很正确。”“不错，回答得很有思想。”我在后面真替他们着急：也不观察一下，班上那么多好同学，有谁像他俩拼命举手啊？如今都初中生了，谁还像小学生那样“积极举手发言”啊？在班上，频繁举手的通常被大家视作爱出风头，那些尖子生一般都等没人能答对才举手——既显示了实力又展示了风格，“这叫内涵”，尖子生们这样评价自己。我偷偷看了看那几个尖子生，语文课代表刚好跟班长交换了个眼神，那里面分明就是“不”！下课了，马建东、刘英丽主动和同学们攀谈，围着他俩聊天的都是成绩一般或“后进”的同学，可能是觉得他们无形中PK了班里的优等生，又没像优等生那样端架子吧。

外语课对于马建东、刘英丽来说，绝对是一重创。江老师训练听力。像以往一样one by one站起时，他俩都卡壳了，红着脸对老师说："Sorry，I don't know。"江老师显然不太高兴，眼光透过老花镜严肃地盯着他俩，直接用中文批评道："这么一小段都不能完成？你们俩的英语太差了，回去让家长找个补习班上上！"他俩的脸更红了，站在那里好不尴尬，我可怜的老爸老妈！

接下来的数学课没见他俩"有所作为"，他们很认真很沉静地听龚老师讲课，偶尔对照着看看书，在草稿纸上演算一下，难道是还没从外语课的打击中缓过劲来？

第四节体育课快乐地过去了。

中午吃饭时，我本来想和爸妈单独聊聊，等我把饭端进教室，他俩已和几个同学坐在一起边吃边聊了。我也加入了他们的行列。

"被老江骂得难受吧。别往心里去，这老太太就是刀子嘴豆腐心。往日她骂人比这刻薄多了，不信你们问马千里。"热心的胖丫用手指指我。是的，我是班里挨老江骂最多的学生，谁让我外语最差呢！我不好意思地笑着点点头。

"还好，就是第一次被老师当众批评不习惯。"刘英丽咽下一口饭说，"她批评我说明她还在乎我，否则，就代表她放弃我了。"

"晕！说这么有哲理的话。"旁边有人赞叹道。

不知不觉，男生女生话题渐渐分开了。我们开始聊NBA、AC米兰，讨论打"反恐"、"魔兽"的过关心得——聊到电脑游戏，马建东就插不上嘴了，因为他从没玩过，也没时间玩，他只用电脑查资料、发邮件。旁边的女生们叽叽喳喳地品头饰，评"快乐男声"，聊韩剧——刘英丽只能当听众，因为她对此一窍不通。这就是代沟，我在心里想。

下午的三节课全是副科，感觉时间。一晃就过去了。

放学路上，我告诉他俩，别再像语文课那样出风头了，会遭到尖子生的排斥的。他俩奇怪地看着我，不明白的意思。解释了半天，他俩总算懂了。

“呵，现在的小屁孩儿思想比我们当年复杂多了。”马建东笑着对刘英丽说。

“喂，什么‘小屁孩儿’，注意文明用语，我们现在是同学，马建东！”我不太高兴，好心被他当成驴肝肺。

“走我们的路让他们说去吧。”刘英丽乐呵呵地回应马建东。难怪俗话说：不是一家人不进一个门，一点儿不错！接着他俩聊起了外语。

“外语‘丢’了近二十年，简直一窍不通了。”马建东说，“哎，你不是常在网上看英文版电子杂志吗，怎么也不行？”

“我看的全是医学杂志——只是看又不听，听力对我几乎是一片空白。你记不记得，当年我们英语根本不考听力，所以那时也没训练听力口语，不会听也不会说，只会考试完全是在学聋哑英语。”

“我们那时考上县一中才接触英语。千里他们小学三年级就开英语课了，现在的内容深一些也活一些。看来，我俩得恶补英语啦。”

回到家，热腾腾的饭菜已经在桌上了，不用猜也是小精灵安排好的。

“呵，我居然不用买菜做饭了，还是当学生享福啊！”老妈乐得眼睛眯成了一条缝。

饭后，碗没被自动洗得一干二净——看来小精灵不管这类小事。

“既然我们仨都是学生，那就排个值日表轮流做家务！”老妈边说边麻利地把值日表写好了。

“当学生真好！”老妈看着值日表快乐地感叹。我和老爸无可奈何，只能接受。

灯光下，我们一家三口围在饭桌旁做作业，我感到一种从未有过的独特的温馨，这不同于平日父母子女间的那种温馨，是很特别的那种。

看着老爸老妈专心致志的样子，我也认真起来。很奇怪，我觉得今天的作业不那么让人讨厌，虽然不是每一题都会做，但我一点儿也不心浮气躁。

不会做的数学题老爸负责教我。他先告诉我他如何找到解题的切入点，再教我解题的思路、步骤，讲得很仔细，很有耐心，我豁然开朗。当我按老爸的方法独自解出剩下的几道题时，心中升腾起一股成就感。老妈负责我的语文、外语。语文题中哪怕一个错别字她都不会放过，她教我如何找现代文阅读中的“信息”，如何运用文中作者表达观点的语句答题……一点一滴，把她学语文时的技巧方法详细教给我。对于外语，她要求我单词、重点句型一定要会背会写。“这不是一日之功，但也不是不能攻克，一定要坚持。”她告诫我。

教完我，他俩用复读机去书房练英语听力口语了。怕影响我，他们关上了书房的门，但我依然能听到他俩认真朗读的声音，一遍又一遍，反反复复，我很感动，也很受启发。完成作业后，我也加入他们的行列，我们大声地跟着复读机朗读，书房里洋溢着快乐的读书声。

早上六点半起床，发现爸妈已经在背外语了：一个在阳台、一个在书房。

“用不着这么拼命吧？”我朝老妈吐吐舌头。

“知耻而后勇。”她说完继续背课文。

我不好意思了，也拿出外语书来读。

渐渐地，我在课堂上不再讲话，也不开小差了。起先是因为爸妈都在教室怕挨骂，后来发现自己能听懂老师的每一节课，就越来越有兴趣了。

每天晚上我们围在一起学习的时光都显得格外快乐——原来，学习真的能获得乐趣，只是我以前没体会到罢了，偶尔，我也能参与到他俩的讨论中去，要知道他俩的语数可算得上班内“高手”，能和高手过过招，说明我在进步，嘻嘻，为此而骄傲。

我也开始留心他俩的学习方法。譬如，他俩会准备笔记本，上课时将每科的重点难点记下来，到家后再进行整理，还将经典题目进行分类记录；他们还有一个错题记录本，专门抄下作业、考试中自己做错的题；他们看课外读物时，会摘抄下其中的精彩语句，还会写下自己的感悟、点评，哪怕只是短短几句话……其实这些方法他们以前批评教育我时也告诉过我，但我那时总觉得他俩太啰嗦，也就左耳进右耳出。现在和他俩朝夕相处一起学习，才发现这些方法真的很有效果。唉，我要是能早点听进去该多好！

一个月后，爸妈攻克了英语听力与口语，英语测验成绩班内前五名，成了名副其实的“尖子生”。

班上同学都越来越喜欢这两位新同学。不仅因为他俩成绩好，还因为他俩的亲切，随和。不论谁向他们请教，他们都会毫无保留地热情帮助，就连最小心眼的田晨都被征服了。

起先，田晨高傲得像公主一样，刘英丽主动跟她说话时，她只是礼节性地敷衍，明显地拒人千里之外。那天自习课，田晨不舒服，趴在桌上，还吐了一地。班干部纷纷围过去“嘘寒问暖”，却没有一人肯清理污秽之物。

“徐晓东，你把这打扫一下。”黄漠漠发号施令道。

“凭什么！你看看黑板，今天你是值日生呢！”徐晓东也不是吃素的。

“但……我，我在帮田晨递纸巾呀。”黄漠漠狡辩道。

“来来来，我来替你递纸巾，你来打扫。”徐晓东边说边大步流星地向黄漠漠走去。

黄漠漠傻眼了，站在那儿脸上红一阵白一阵。她求助地看看其他班干部，希望有人能帮帮她，但没一人接茬。在这尴尬时刻，刘英丽端着一簸箕沙子走进来——谁也没注意到她是啥时出去的。她默默地走到田晨旁，把沙子倒在污秽物上，然后拿起扫帚打扫起来。马建东也起身帮着一起打扫。黄漠漠感激地看了看他俩，然后也加入打扫的行列。事后，田晨明显对刘英丽热情起来，下课主动跑到她座位边与她聊天，放学等她一块儿走出校门。

时间过得真快，转眼就到6月27日——两个月期限到了，明天，一切都会恢复原样，像灰姑娘听到十二点的钟声一样。

“唉，还真有点舍不得这种学生生活呢。”老妈抚摸着自己的书包感叹道。

“也是，单纯又美好。”老爸应和道，“这两个月让我感触颇多呢；现在学生的学习负担比我们当年重，压力也比我们当初大；他们养尊处优，所以缺少吃苦的精神；不过他们也有可爱之处——灵活、直率、有创意……”

“千里，明天就期末考试了，紧张不？”老妈问我。

“不紧张，第一次感觉对考试有把握。”这是实话，一分耕耘一分收获，我越来越相信这句话。

第二天醒来时，早点已摆在桌上了，老爸老妈不在——他们上班去了，一切都恢复原样了。我有点失落。

来到学校，大家都在候考，很认真地进行最后的复习。我试着和周围同学提了提“马建东、刘英丽”，他们诧异地看着我，不知我在说什么。看来，这一切对他们来说就像做了个永远想不起来的梦，不留一点儿痕迹了。

拿成绩单那天，我一点儿也不慌，我相信自己考得不错——的确，我考了全班第十名，老师把我大大表扬了一番。

晚上，我再一次来到遇见小精灵的地方。

“小精灵！小精灵！”我轻轻叫道。

周围安安静静，什么都没出现。我又像当初那样砸了砸墙，他还是没出现。我知道，他回不来了，也许不是每一个童话都有结局的。

离开那栋待拆的楼房，我不时回头望，仍然没看见他。也许，他就在某个地方关注着我，只是我看不见他罢了。“谢谢你，小精灵，你帮了我一个大忙。”我在心里说，“我会继续努力，相信我！”

我快步向家跑去，太晚了老爸老妈会担心的……

第二部分

梦中看到的地方

不过，大家不会怪你，狐狸也不会怪你。因为你是小王子。你说，星星是很美丽的，因为有一朵看不见的花儿；沙漠之所以美丽，是因为在某个角落里，藏着一眼水井……

小王子，谢谢你永远不会长大。这样，我才好认出你：金色的卷发，金色的围巾，只是提问，从不回答，永远都是孩子。

——彭姝晗 《献给亲爱的小王子》

偷故事的木头狐狸

慈　琪

最近一段时间，我迷上了木雕工艺。在我买到一只木头狐狸之前，我花了好几天在木雕市场里淘来淘去。

这天，我将木头狐狸装在小盒子里带回家，摆在我的书架上。

“这狐狸看起来真傻！”书桌评价它。

木头狐狸傻笑着端坐在书架上，一点儿也不生气。

“你的后面是一整套格林童话故事集，”我告诉它，“如果在书架上待得无聊，可以随便翻翻——有不认识的字可以请教书桌。”

木头狐狸傻笑着端坐在书架上，一动不动。

我清理了一下书房，就去给自己弄晚餐吃。

当我端着一碗荷包蛋回到书房里时，我听到了书桌的大哭声。

“哇啊——”

我手忙脚乱放下碗，抢救书桌上的书本稿纸，同时惊慌地问书桌：“怎么啦？怎么啦？”

书桌呜咽着用桌角蹭蹭我的胳膊：“我……我的故事没了……”

“什么故事？什么没了？”我一头雾水。

书桌的眼泪又猛然哗哗四溅：“我的故事！——我心爱的故事，我就是变成桌子都不能忘记的故事！……”

我恍然大悟：原来，是那个故事啊。

挤来挤去的树

书桌在它还不是书桌的时候（当然，你以为它生来就是书桌吗？），是一棵长得很好的树。它傻傻地长在一个很大的山洞里，这个山洞被它的家族所占领。

我们的书桌树当时长在一个很差劲的位置，山谷里阳光很少，而它却长在阳光最少的山洞里的阳光最难以照到的角落里。这么差的条件，为什么它还会长得很好呢？

因为它有一群爱护它的哥哥姐姐。它们疼爱这棵营养不良的幺弟，为了它的健康成长，想了很多稀奇古怪的方法。最后，它们采用了一种十分麻烦，但是很有效的办法：

当阳光开始照耀山谷和大山洞时，站在最外头的大哥哥伸出枝条，叶面朝上，小心地兜了很多片阳光，然后倒在旁边大姐姐的叶片上，大姐姐再如法炮制，一片一片地将阳光传递到山洞深处，最后，小姐姐细心地将漏掉一大半的阳光浇灌在书桌树的身上。

每天如此，每年如此。哥哥姐姐们的身上天天都累出汗珠来，一滴一滴从叶片往下落。

书桌树就像半个大南瓜中间的那个小蒂儿似的，被暖暖的爱紧紧簇拥。

有一天，一个植物学家走进了这个山谷。他在没有阳光的地方漫无目的地游逛着，走进山洞，忽然发现了这一丛连绵到深处的树家族。植物学家惊讶地想：它们的形状好奇怪呀。

他拨开树丛，从纵横交错的枝条上爬进去，然后看到了书桌树。它傻傻地站在最后面，在最黑暗的地方长得又粗又壮。

“好材啊！”植物学家感叹道。他是植物学家，没错，但是他也兼职木材商人。他很惊讶书桌树居然能在这样恶劣的环境里长得郁郁葱葱。他没有注意到，从洞口到最深处，有一条隐隐约约的金色纹路在闪闪发光，像长长的微笑。

书桌树很快被贪婪的植物学家运进了城，经过一番痛苦的折磨后，它变成了一张厚实的书桌。

“真是张好桌子。”植物学家满意地说，“在这张桌上读书写字，智商和心情都会提高好几个百分点！”

后来，书桌就来到了我家。

现在，它每天都能晒到暖和的太阳。虽然不能再生长，但它天天看书，变得越来越聪明，也不在乎这点儿事了。

“我的家族里，哪个像我这样好运气！”它经常这样说，“唉，可惜没有人带哥哥姐姐们出山谷，不然，它们一定会和我一样开心的。”

但我知道，它还是想念那座山谷，想念谷中曾经的童年，想念那么爱护它的哥哥姐姐们。暗地里，我不知道听到多少次它的长吁短叹。本来打算带它回家探望一下的，但听说了它家的具体方位之后，想到要背着一张大书桌翻山越岭，我就胆战心惊地打消了这个念头。

这个故事，书桌逮到机会就讲给别人听，它很高兴我带新的伙伴来家里，因为又有听众能够听它的故事了。我家几乎所有的物品都听了二十遍以上。

而可怜的我，由于天天坐在书桌旁看书，两百次也许都有了。

现在书桌说，它视为宝贝的故事没了，是什么意思？

书桌抽抽搭搭地回答我："就是，我记不起来我的故事是什么样的了。我出生在哪里？为什么会到这里来？我好像有一个心愿，但是是什么心愿？……"

我吓了一跳，连忙抓住书桌激动得直颤抖的桌沿问："为什么想不起来了？"

这可是个大问题！回忆，无论对谁来说都是最珍贵的财富，丢失了就是一个极大的遗憾。我看了看书桌底下，怀疑它是不是偷吃了过期的蟑螂药。

书桌终于停止了哭泣，费神地想来想去，依旧莫名其妙："我不知道，我刚才只对那只笨狐狸讲了一遍……"

凭我的直觉，我感觉这件事中有古怪。

我将木头狐狸拿到书桌上，前前后后地翻看。木头狐狸依旧傻傻地笑着，连耳朵都没动。

"你会说话吗？"我试着问它。它没搭理我。

也许它不会说话，或者不想和我说——并不是所有东西都喜欢和人类说话的。我暗自思忖。

我把它放到书桌的一角，安慰了书桌一阵子，书桌逐渐平静下来，呼噜呼噜睡着了。

我吃掉那碗冰凉的荷包蛋，然后抽了一本童话书看起来。

房间里安安静静的。

但是看着看着，我感觉眼前越来越模糊了，童话书上的字也一个个跳动起来，跳啊跳，渐渐跳得越来越模糊，最后消失了。这下，我什么故事都看不到了。

“看来今天实在太累，眼睛都不好使了。”我心想，放下书，打个哈欠，准备睡觉。

“注意点儿……”小小的熊猫靠垫从床上飞起来，懒洋洋地回到沙发上继续睡觉。

我一下子就睡着了，因为我已经开始做梦了呢——

那只木头狐狸转转耳朵，大尾巴在身后摆了摆，然后四条小短腿噼噼啪啪伸展开来，在书桌上跳了两跳。

“木头狐狸活了！”但我不太惊讶，这是在梦里呀。我裹在被窝里，好奇地盯着它的一举一动。

木头狐狸的爬动将书桌给弄醒了。它迷迷糊糊地摇晃着，习惯性地颠动了一下桌脚。木头狐狸“啪叽”一下掉到地上。

“扑哧——”我忍不住地发笑，还好，它没听到。

它伸伸小短腿，也不傻笑了，生气地转动着尖耳朵，忽然，两只尖耳朵都朝着房间的一个角落不动了。接着，木头狐狸欢快地朝那角落跑去，拖出一本大大的书来。

我眯起眼睛仔细一看，哦，是前几天书桌发脾气踢走的那本故事集。

木头狐狸似乎因为找到这本书而兴高采烈。它坐在它的大尾巴上，读得很认真。故事集闪出一阵又一阵月光一样的颜色，无数小光点蹦跳着从书页中跳进狐狸的尖耳朵。

"真好看……"我赞赏地想，这应该是一个很美很美的梦吧。

过了很长时间，木头狐狸像是心满意足了，用两只小爪子抱起故事集，毛茸茸的小脸蛋在上面依恋地蹭蹭，然后把它端端正正放回原来的地方，自己蹦回到书桌底下，重新变成了木雕的样子。

这个梦做完了，我往被窝里缩缩，满意地进入熟睡的阶段。

第二天早上，我习惯性地就着早餐看书。今天的早餐是鲜榨橙汁加馒头，所以看民间故事比较好。

我突然想起昨晚梦中的故事集。我走到角落里，拾起它回到餐桌旁，翻开上次看到的那一页。

"哎？！"

"怎么啦怎么啦？"正起劲地吸着馒头香气的书桌慌忙问我。

"书……书上的故事呢？跑到哪里去了？"我受惊不小。书页摊着可笑的空白，成了一无所知的愚者。

毫不迟疑地，我将怀疑的目光射向木头狐狸——咦？不在书桌上？

我瞅瞅桌底，那家伙果然待在昨晚我梦中看到的地方。

难道昨晚不是梦？

我把木头狐狸抓到桌面上，扒开餐盘和书本，开始审问："是不是你把故事书弄成这样的？还有，是不是你偷了书桌的故事？"

木头狐狸一脸傻笑依旧。不说是吧？哼，我有办法。

我把小兔娃从笼子里抱出来放到沙发上，然后将笼子放上桌子，慢条斯理打开笼门："如果你不说呢，我就把你装进笼子，锁起来，看你还怎么去偷故事！"

木头狐狸一动不动，我心里有点急，真的把它塞进了笼子。见它没有一点动摇，很是气馁。书桌忽然提醒我："小兔娃在沙发上'嗯嗯'了！"

我慌忙把小捣蛋重新抱进笼子，和木头狐狸放一块儿。正当我转身去收拾沙发上的一片狼藉时，笼子里传来了木头狐狸微弱的哭叫声：“我说，我说，我啥都说！快把这只兔子放出去！”

我惊讶地回头一看，原来小兔娃把红棕色的木头狐狸当作胡萝卜在“吭哧吭哧”地啃呢，那蓬狐狸尾巴已经缺了个小口子。木头狐狸紧紧抱着铁栅栏，欲哭无泪。

木头狐狸刚从兔齿之下被抢救出来，就感激涕零地朝我拜了一拜。我一挥手：“闲话少说，你把我们的故事弄哪儿去啦？”

木头狐狸擦擦眼睛，说：“这个要从我刚刚出生的时候说起……”

小红狐，小蓝狐

木头狐狸是从一双布满皱纹的老手中出生的。一位清贫的老爷爷花了一个晚上的时间将它雕好，上漆，使它从一块粗笨的木头变成漂亮的小红狐。几天之后，老爷爷又用剩下的木头雕了个小小狐狸。这只是小蓝狐。

小蓝狐和小红狐被并排放在窗台上，小蓝狐整天亲亲热热地叫着小红狐“哥哥”，缠着它玩。

窗台正对着一大片稻田，每到晚上，蛐蛐儿的叫声和青蛙的歌声就在稻田里滚来滚去，翻搅起淡黄色的波浪。但是，小蓝狐很害怕这些声音，每次都被吓得直哭。小红狐就想办法转移它的注意力，想来想去，就想到了讲故事。

然而一只没出生几天的木头狐狸能有什么好故事呢？它很苦恼。但这苦恼很快让夜风知道了，好心的夜风便在它的心中，种下了一颗风的种子。小风很快生长出来，呼啦啦地从小红狐的大耳朵、大眼睛里刮过，在外面绕一圈，又回到小红狐的身体里。小红狐突然得到了一棵关于稻穗的美妙故事。

它开心极了："好心的夜风，谢谢你！"

从此，小红狐就拥有了收藏故事的本领。每个白天，它只要听到、看到什么喜欢的故事，就尽力用小风搜集起来，保存到肚子里——为什么不用背的呢？因为它是木头脑袋，所以记性非常、非常不好，只能把故事原样放进肚子再原样吐出来。

这个方法很有效，小蓝狐就在故事声中，度过了很多宁静而开心的夜晚。小红狐却累坏了，一到早晨就呼呼大睡，一直睡到日落西山。

有一天，小红狐醒来，发现身边蓝色的小影子消失了。它慌了，在窗台绕了几圈，又朝底下张望了很久，生怕它是掉下去了。

等到它自己被老爷爷带进木雕市场时，才知道，小蓝狐是被别人买走了。小红狐很伤心也很担心，小蓝狐如果再听到虫鸣蛙声，没有人给它讲故事了，怎么办呢？

夜风告诉它，它可以继续收集故事，然后放到风中捎给小蓝狐。

所以自打木头狐狸来到我家之后，看到有这么多故事书，连书桌都有故事，心花怒放，然后它就……

"然后你就偷了书桌的故事，偷了故事书上的故事？"我生气地说，"你真讨厌，书桌就一个故事，你偷了，它不是很伤心？还有我的故事书，我都还没看，你就偷走了它们，真过分！”

我说一句，小红狐就掉一颗眼泪，最后整个身体都被它的眼泪浸成了深红色。

“呜呜……我……我没想到这些……对不起……”

“那我们怎么办呢？”书桌更加生气地颠了两下，让小红狐摔了个大跟头，它慌慌张张爬起来，抬起小爪子：“好的，好的，你们别着急，我想跟你们说，其实故事是可以回来的！”

“怎么回来？它自己跑回来吗？”书桌哼了一声。

“就是会自己跑回来啊。”小红狐委屈地抓抓耳朵，继续说，“我把故事讲给小蓝狐听后，故事就会自己跑回到原来的地方。”

“真的？”我和书桌都半信半疑。

“真的！”小红狐很肯定很肯定地回答，但又迟疑地加了一句，“不过，故事经过小蓝狐的耳朵后，和故事主人的距离太远的话，它就可能要多花一点时间去找回家的路。所以，要是我请夜风把故事捎给不知道在哪的小蓝狐，那么你们可能要等很长时间了。”

“这你不用担心，我有办法。”我眼睛一亮，立刻翻出电话簿，给一个朋友打电话。

不一会儿，我的朋友就捧着一只蓝色的小木头狐狸进门了。

小蓝狐欢呼着拥抱哥哥，小红狐目瞪口呆。我的朋友也目瞪口呆。

“知道吗？我就是看这只小蓝狐很可爱，才去木雕市场上淘到你的！”我笑眯眯地说。

山高我为峰

韩　雨

“你觉得那首诗怎么样？”

“哪一首？”

“嗯……我记不清题目了。不过我记得其中的一句，好像是……‘去吧，人间，去吧！我面对着无极的穹苍’……”

“是吗？嗯……听起来挺不错的……”

又失败了！肖林狠狠地把手中的一摞资料摔了出去。心里觉得不解气，正想冲上去再补上几脚时，尽职尽责的管家机器人早已上前，捡起，吞入，粉碎，原本散发着油墨清香的、如今已很少见的堪称工艺品的纸很快变成一堆化肥，去化作春泥更护花了。空留肖林对着洁净的地面干瞪眼，空有一腔闷气却无处发泄。

闭上眼，肖林向后躺倒，耳边又回想起父母的话：“这个天才，十七岁在物理领域取得重要成就……”、“这个人发现了第一百一十二号元素‘哥白尼’，符号为Cn……”、“还有这一个人……”无论列举谁，不管是什么领域，最后矛头一定伴着责难的眼光指向他——你怎么就这么不成材呢？

越想越气，肖林干脆不再去想这些，拿起一旁的“虚拟幻境”播映器——一种可以让人身处“过去”的幻境中，从而设身处地地了解历史的技术。他随手按了一个时间点，进入了深深的幻梦中。

希望这次，不会再有那些世俗的烦恼……

“我又想起一段！应该是：‘去吧，青年，去吧！与幽谷的香草同埋；去吧，青年，去吧！悲哀付与暮天的群鸦’……”

“我好像也听过这首诗。我去帮你查一下资料吧？”

“不用了……让我想想就好……”

肖林漫无边际在街上游荡，只是个幻境而已，别人看不到他，他就可以放心大胆地对他人评头论足。一看那标志性的大长辫子和长袍马褂，他就知道他来到了清朝。

“清朝？也好。起码不会像23世纪那样，一群人逼着你往最高处爬。也不想想，山顶如果能站那么多人，怎么能称之为‘顶’！每个人都有自己的路，一步步走好自己的路不是更重要吗？”肖林忿忿地自言自语，沿途优美的风光一点也没有使他的心情变好，反而越来越糟。不知不觉他已来到了郊外，一座山挡住了他的去路。

鼓山？翻过这座山，应该就是海了吧？在那边，会有一片新天地在等着他。他努力使自己想些快乐的事。这是，一阵嘈杂的声音传来，切断了他的思绪，还没反应过来，便有一群孩子欢笑着穿过了他的“身体”。是附近私塾里的学生吧？肖林突然想起自己上学时被老师带领着春游时的事。他看了看那群学子。有些已经十三四岁，算是小大人了，努力做出成熟稳重的样子，但过于红润的双颊和不停乱转的眼睛还是暴露了他们心底的兴奋。肖林想起自己小时候无忧无虑的样子，不由得笑出了声。随即跟着这群孩子，踏上了登山的路。

为什么要登山？一位英国人笑着回答："因为山在那里！"

走在一群吵吵闹闹的孩子中间，肖林却感到心情好多了。

"下一段。"

"什么？"

"去吧，梦乡，去吧！我把幻景的玉杯摔破；去吧，梦乡，去吧！我笑受山风与海涛之贺。"

"快背完了吧？"

"后面好像还有一段。但开头……我还是记不起来……"

一步，一步，又一步。肖林无聊地数着步子。当他数的步数被那群孩子突然爆发的笑声打断了三次后，他发现没有向上的路了——他们已经到了山顶了。

真没想到，自己只是低着头一步步走，居然这么快就到了山顶……肖林笑了笑，没发觉周围孩子的惊呼声已经消失了。他不经意地向前看去，却也被眼前的情形震撼住了。

山外，是苍茫的大海。潮平两岸阔，极目望去只能看见绵延不绝的波浪，在近处汹涌无比，一下下拍打着海岸。向远处看却是风平浪静，是看不见尽头的一片湛蓝，似乎与天空连接在了一起。

秋水共长天一色，却有一点模糊的白影在海天交际处出现，隔得太远，看不清那是一只海鸟翻飞的双翼，是游子高高扬起的白帆，还是白云无心的倒影。不远处阳光灿烂，闪耀着刺痛了人们的眼睛，也给世间的一切都镀上了一层金边。纵使肖林已来到海边很多次，但每一次见面，他都会从心底感慨自然的伟大。那些孩子之所以不说话也是因为这个原因吧！

“给你们出一个上联。听好了——”一旁私塾的夫子拉长了声音说，“海到无边天作岸——”

海到无边天作岸？鼓山？肖林一愣，向一旁看去，果然看见了闪闪发亮的“绝顶峰”三个字。他终于知道这是什么事件了！会有一个孩子对上这个对联。他姓林，叫——

“山登绝顶我为峰！”一个稚气却响亮的声音响了起来。小男孩挥舞着胖胖的手，眼睛却是锐气逼人的。“纵使山再高，我也会一步步登上去，然后让自己成为山的最顶端！”

成为山的最顶端——肖林的眼睛亮了。瞬间，他已经退出了“虚拟幻境”回到自己的书桌旁。随着他的命令，管家机器人把一摞摞刚被销毁的资料重新复原，送到了主人身旁，看着主人埋头于书堆之间，奋笔疾书起来——

山高我为峰吗？那好，我会一步步走好自己的路，直到到达我心中的山顶！我会让你们看见，什么叫天生我材必有用！

“要到结尾了吧？”

“‘去吧，种种，去吧！当前有插天的高峰；去吧，一切，去吧！当前有无穷的无穷！’”

“找到第一句了吗？”

“还没……”

“我找到了哦。要不要猜一下呢？”

五年后，马尾罗星塔公园内。

肖林站在一尊铜像前。铜像手握宝剑，眼望前方，依稀还可以看出当初那个小男孩的影子。一旁有一副对联：海到无边天作岸，山登绝顶我为峰。雕像下方有七个镏金的大字：民族英雄林则徐。

肖林笑笑，看向手中的鲜花。就在不久之前，这双手里还拿着一张荣誉证书，一个奖杯，还有父母欣慰的眼神。他不再去想这五年所做的努力，只是看着林则徐的塑像，静静地微笑。

我不知道我的山顶会在哪里，肖林默默地想着。但是起码，我已经走出了自己的路，只要我这么坚持着一步步走下去，终有一天，我会成为自己心中的山峰吧？

肖林放下了手中的花，向外走去，缓慢却不停留，坚持而无所畏惧。在他的前方，还有更高的山峰在等着他。

山高且令我为峰！

“我查到了……你背的这首诗，是徐志摩的《去吧》。”

“第一句是什么？”

“‘去吧，人间，去吧！我独立在高山的峰上。’”

“独立在高峰上吗……这倒让我想起了令一句话：‘山高我为峰’呢。”

“是呀！所以为了能登上高峰，就要从现在开始努力呀！”

“好啦，我知道了……”

笑闹声渐行渐远，直至不闻。只有一缕阳光调皮地溜下来，打在了林则徐的塑像上，塑像旁一行字，简简单单，却充满了无限的热情！

山登绝顶我为峰。

献给亲爱的小王子

彭姝晗

你来了，从一个只有一朵花的外星球；你又去了，回到那宁静，美丽独一无二的故乡。恰如一朵花开，无声。

——题记

我背着旅行包，站在这星空下的沙漠上，这是你第一次出现的地方。这么多年了，今夜，你会出现吗？亲爱的小王子。

我知道你的星球很小，小到一直跑也跑不了多远。羊儿不用拴住，一天可以看到四十四次日落。所以我特意带了高倍的天文望远镜，这样，即使你的星球很小，我也能看到你，你的花，还有那只盒子里的羊。你是不是又在看日落了呢？虽然日落很美，但你说过，人在苦闷的时候总是喜欢看日落的。你出来旅行了一圈，应该不会再苦闷了吧。因为你在地球上，有一个人类朋友，他很想你；还有一只被你驯养了的狐狸，她一直都深爱着你。还有那朵玫瑰，你懂得了她的独特，你懂得了如何去爱她。还有，你也明白了你的星球，虽然很小，却很美丽，挪动一下椅子，就能看到一次日落。

所以现在的你，一定不会再苦闷了。

你的玫瑰还好吗？没有被那只羊吃掉吧。肯定没有，因为你会照顾好她。我知道你爱她，她把你驯养了。你相信她说的一切，她说她是宇宙独一无二的花，你就相信了。给她最好的照顾，听她自夸自赞，听她抱怨，听她沉默。那时，你以为你很富有，因为你有这宇宙的唯一。可是后来你失望了，你在地球上看到了一个玫瑰园，成千上万的花，美丽一如你的她。它们告诉你，地球上有数不清的玫瑰。于是你哭了，你趴在草丛里轻轻地哭泣，你想：我拥有的花，只是一朵普通的花，除了她，我就只有三座和我膝盖般高的火山，有一座，还很有可能死了。我所拥有的一切，不会使我成为一个了不起的王子。

你很伤心，但幸运的是你遇到了狐狸，一只等爱的狐狸。

早晨的苹果树下，你见到了那只美丽的狐狸。你想和她成为朋友，她却拒绝了你。她说，她还没有被你驯养。她给你解释驯养的意思：建立联系。是的，她说如果你驯养了她，你对于她就与其他千千万万的男孩不一样了，你是她世界唯一的人；而她，也将有别于千千万万的狐狸，成为你世界唯一的狐狸。

你知道吗，那只狐狸很爱你。即便你说过，你被你的花驯养了。如果你驯养她，她的生活就会充满阳光。她会分辨出一种与众不同的脚步声。其他的脚步声会使她躲到地下去，而你的脚步声就会像音乐一样让她从洞里走出来。再说，你瞧瞧！你看那儿，那不是一片麦田吗？她从来不吃面包，小麦对她毫无用处，麦田也不会使她产生任何联想。这是多么可悲啊！但是，你的头发是金灿灿的。一旦你驯服了她，那将多么美好啊！那金黄的小麦会使她想起你来。于是，就连那风吹麦浪的声音，也会叫她喜欢听的……

是的，她爱你，她想要你驯养她。结果你驯养了她，她却哭了。因为你要走了，因为你不爱她。狐狸说，只有心灵才能洞察一切，用眼睛是看不见事物的本质的，正因为你在你的玫瑰身上花费了时间，这才使得她变得重要了。你要对你驯养过的一切永远负责，你要对你的玫瑰负责。然后，她说：再见。

因为狐狸，你明白了你的玫瑰的不同。所以你开心了。你想要回到你的星球，你说：我那时什么也不懂！我应该根据她的行为，而不是根据她的话来判断她。她使我的生活芬芳多彩，我真不应该离开她跑出来。我该猜到她那可怜的小小诡计后面所隐藏的柔情。花儿是多么的自相矛盾！可我太年轻了，还不懂得爱她。你的心里只有你的玫瑰，你没有看到，在你走后，狐狸的眼泪。一旦被人驯化了，就得冒着伤心落泪的危险。

不过，人家不会怪你，狐狸也不会怪你。因为你是小王子。你说，星星是很美丽的，因为有一朵看不见的花儿；沙漠之所以美丽，是因为在某个角落里，藏着一眼水井……

小干子，谢谢你永远不会长大。这样，我才好认出你：金色的卷发，金色的围巾，只是提问，从不回答，永远都是孩子。

是的，小土子，只有不会长大的你，才能这样，永远不变。

小王子，星星是很美的，在我看来，它美丽的原因，是因为我看不见的你。

今夜，你没有出现，但我看到了你，我知道你很快乐。

那么，晚安，亲爱的小王子。

我是一只小小鸟

王官灿

变身小鸟

“咦，我怎么在树上？哇，好大一条蛇呀！”我生来就最怕蛇，看到蛇，我急忙翻出了那个用稻草铺就的窝，可是在翻的过程中，不小心掉了下去，我急忙张开了双手，啊！飞起来了。我疑惑地看了看自己的手和身体，“哇，我变鸟了，Very good，我要去旅游了，Bye-bye”。

遇井底之蛙

我飞呀飞呀飞，飞了大约一百多里，最后终于疲倦地停在了一口井沿上，我刚准备去喝水，突然，一个声音让我停住了下井口的动作，仔细一看，原来是一只青蛙。它看见我很开心，热情地邀我去做客。我答应了，并和它开始了谈话。“Hello，青蛙。”“Hi，小鸟，你从哪儿来呀？”“我刚飞了100多里，现在停下来歇息歇息，喝口水。”“哼，想不到你是只爱吹牛的小鸟。”“什么？爱吹牛的小鸟，我？”我指着自己疑惑的问青蛙。青蛙则不慌不忙地说：“可不是嘛，你看，天空只有这么小，我一眼就望得到，你怎么可能飞一百里？”听了这话，我懵了，难不成我遇见了成语“坐井观天”里的青蛙。这下可好，我当了“坐井观天”里劝青蛙出去的小鸟。我暗暗地想，并有些沾沾自喜。于是，我学故事里的小鸟一样对它说：“你真是井底之蛙，外面的天空可大了，你看见的只是天空中的一点点一点点一点点……而已。”“骗人吧！天空哪有这么大？”听了这话，我觉得青蛙很固执，但我一点也没被它的不信任所打动。而是继续选择对他进行劝说。“既然你不相信我，那我们就一起出去看一看吧。”我打算用事实对固执的青蛙说话。“出去就出去，谁怕谁！”青蛙应了我的请求，跟我走出了井口。“哇——好大呀！”青蛙看着无边无际的天空情不自禁地说。听了这话，我开心极了。“谢谢你，要不是你，我可能一辈子都要做井底之蛙呀。”“呵呵，不用谢。”我不好意思地挠了挠头对它说。

化险为夷

告别了青蛙，我又继续开始了我的旅行，过了大约两小时后，我看见了一片松树林，松树林周围还飘着一股香味，我被这香味给吸引了进去，仔细查看，哦，原来是松树流的松脂。可真香！我不由感叹。然后飞到一根松脂流得最多的树上，想多吸取这种香味然后再继续前进。这时我的脑子真是短路了，只知道闻松脂的香味却忘了松脂的危险，正当我回过劲儿来时，我已经被树丫上还未干的松脂给粘住了，不管我使出吃奶的劲儿还是拔力的劲儿，都没能把脚给弄出来，没办法，我只好就这个样子等着同伴来救我了，这使我感到欲哭无泪。大约过了十几分钟，我终于领略到“没有最倒霉，只有更倒霉”这句话的精髓。不错，我遇见了危险，有几个男孩子拿着弹弓进了树林，从为首孩子斜挎在肩上的鸟笼子就可以看出他们是来捉鸟的，这时候的我，估计吓得脸比雪还要白吧。“肯定逃不出去了，怎么办？”我自言自语道。然后从“欲哭无泪”马上变成了“欲哭有泪”，眼泪像断线的珍珠一样大颗大颗地落了下来。刚落下悲伤的眼泪，我立刻就后悔了。因为我看见为首的那个男孩刚走近黏住我的这棵树面前，我的眼泪刚好就落在了他的平头上，这引起了他的注意，只见他伸手往头上一摸，然后再把手放在眼面前。是透明的水，要是早上，他会认为是露水，但现在已经是下午了呀，太阳都出来好久了，有露水也被晒干了。怎么办，只能听天由命了。为首男孩看见手里的是水，感到诧异，然后猛地抬头看见了我，他直盯着我还没决堤的眼睛看，随后惊喜地说：“看，这只鸟会哭，我不想捉他，我想放了它，你们认为呢？”听了这话，我愣了一下，然后向那些人看去，只见他们都微笑地点了点头。出乎意料的，我被放了，这可真是虚惊一场。要是我早知道我的眼泪能解决问题我早哭了。人们都说眼泪不能解决问题，但其实有时候还是挺管用的。所以说人类的观点有时候也不是百分之百完全正确的。你认为呢！

选美比赛

出了这片松树林后，我继续往前走，来到一条小溪旁，小桥上有一座独木桥，这没有什么奇怪的，奇怪的是独木桥的对面有一大群动物，每只动物都打扮得花枝招展的，十分可爱，迷人，还有三个大象裁判，从裁判身后的巨幅广告中我知道了他们正在“选美比赛”。我也想去凑个热闹，便排在了最后，我自认为肯定选不中，因为我压根儿就没去打扮。比赛的规则是每只动物都要经过独木桥，然后请裁判打分，最高分者便是冠军。令我意想不到的是我前面的动物通通落选了，就连我认为最美丽的天鹅也不例外。最后到我了，“我是没什么希望了”，我心里暗暗地想。但我既然参加了，就得硬着头皮去走，“天——”我尖叫了，我居然得冠军了。按理说着冠军应该轮不到我的，这是怎么回事，我迷惑不解。众物也觉得不服，不明白。这时候，第一只大象站起来走到我面前为我颁奖，没有了第一只大象的庞大身躯的遮挡，那幅巨报就更显现出来了。只见那幅巨报上大大地写着“朴素选美大赛”。霎时，所有人都明白了。原来它们看广告时，因为第一只大象的遮挡，所以它们把“朴素选美大赛”看成了“选美大赛”。动物们虽然得知了真相，但它们也并没有服。而是怪裁判把字给遮住了，要求重新比赛。面对众多选手的不满，裁判只好宣布重新比赛，众动物听见了都欢呼不已，急忙赶回家去把妆卸了。半小时后，众动物都恢复了本来的面貌。比赛又开始了……最后冠军是一只乌鸦。我倒不惊奇，因为人们都说乌鸦很丑很朴素。我为此感到一点都不伤心，而是继续走我的旅游之路……

来到羊村

这天天气晴朗，阳光明媚，同时也感染了我的心情，所以我一边前进一边唱起了歌。“喜羊羊，美羊羊，懒羊羊，沸羊羊，别看我只是一只羊……”这时的我正开心地唱着歌呢，不知哪个家伙打扰我，一句话从地面上传到了我的耳朵里。“请问小鸟你是在叫我吗？”我听见这话，好奇地往地面上望了一眼。谁知这不望不要紧，一望吓一跳，你们猜我看见什么了？我居然真的看见了喜羊羊，它正仰着头满脸疑惑地看着我，好像在说：“你认识我吗或者是我认识你吗？”为了弄清楚这是不是我看《喜羊羊与灰太狼》看多了而产生的幻觉，我便往地面飞去。“天哪！真的是喜羊羊，和电视里的一模一样！难不成《喜羊羊与灰太狼》这部动画片的导演做梦时梦见过它吗？”我暗暗地说道，并用翅膀戳了戳它的脸。“喂！你干什么呀？”“我？呵呵，对不起我太激动了而已”我见到了真的喜羊羊呢！喜羊羊可是我的偶像，你说，忠实粉丝见到了自己的偶像能不激动吗？对吧。“小心——”这时我忽然紧张地大喊一声，因为我看见了灰太狼推着大炮停在了河对岸，旁边还有一大筐的昏睡果，我一看大事不妙，便对喜羊羊说：“快跑，旁边那筐是昏睡果，砸在人身上，那汁会令人昏睡不醒的。”“啊，真的吗？这个灰太狼可真狡猾，谢谢你的提醒，我得赶紧回去通知村里其他人，小鸟，你和我一起去吧。”“嗯，走吧。”“村长大事不好了，灰太狼来了！”我们刚跑到门口，喜羊羊就气喘吁吁地向村长禀报情况。“你不用多说了，我通过羊村的监控器，什么都知道了，你快去组装警力，戴好安全帽，一定要小心灰太狼的昏睡果呀。对了，这就是我从监控器里看见的远道而来的小鸟吧，欢迎你来羊村做客！”“谢谢村长。”我答。“好了，废话不多说，你们快去吧！这个灰太狼可狡猾了，大家一定要小心呀！”“嗯，一切包在我们的身上！”我和喜羊羊都不约而同地说，然后就跑出去和灰太狼开始打仗了……“喜羊羊，怎么办？我方明显人力和能力不足了。”我望着一个个被灰太狼的昏睡果击倒在地的羊羊们，担忧地问。只见那喜羊羊的脸色也不怎么好。可是，过了一会儿，我忽然看见喜羊羊的脸渐渐舒展开来，最后脸上还挂了一个大大的笑容。看到这幕，我很生气，便对它说：“羊村都快被灰太狼给攻破了，你竟然还有心情笑！”“啊？我想你是误会我了，我只是因为想到了一个好主意，才开心的笑的。”“哦？是什么主意呀！令你这样开心。”我疑惑地问道。谁知我刚问完，喜羊羊马上就变了另一种脸色，变得严肃，不再是刚才的满面笑容。看着喜羊羊，我心里忽然有些不安。“小鸟，这件事只有你能去做，因为你有翅膀，但这很可能会遇到危险，你愿意去吗？”我犹豫了一下，最后说：“为了羊村的幸福，我愿意去，说吧，什么办法？”“小鸟，谢谢你。”说着，它对我点了点头，“我想让你去偷袭灰太狼，我们给你打掩护，你悄悄地飞到灰太狼的后面，然后从灰太狼旁边的筐里悄悄地拿出一个昏睡果砸在灰太狼的身上，令他昏迷，行吗？”“行，就这么办。”我一口答应了。随后，我就开始行动了。好在灰太狼正在为打倒了许多小羊而沾沾自喜，根本没留心有动物飞到了他的身后。看着灰太狼的样子，我心里嘲笑道：还说自己是世界上最聪明的灰太狼大王，好像也不过如此嘛。好了，言归正传，开始执行我的任务了。我悄悄地从灰太狼旁边的筐里拿出一个果子，本想就这么向它扔去的，可向来喜欢刺激的我不想就这样便宜那个灰太狼，于是，我干脆一不做，二不休，做狠点（说得有点狠，但只不过是让他多睡会儿而已），从灰太狼旁边的筐子里再小心翼翼地拿出三个昏睡果来，趁着灰太狼在哈哈大笑把嘴张得很大的时候，把四个昏睡果全扔进了它的嘴巴里。我满以为灰太狼会把它们嚼碎，把汁吞到肚子里去，然后昏睡不醒。但我万万没想到，灰太狼比电视中的还狡猾，它怕是什么危险东西，于是就不动嘴巴，准备把它们吐出来，这时候，我急了，但好运的是，“急中生智”这个成语也跟着来了。我躲到灰太狼的后面去，用楚楚可怜的声音对灰太狼说：“灰太狼大王是我呀，我是小鸟，刚才我不小心给灰太狼大王你的威严吓得掉了下来，你能不能放过我？”“哈哈，你这句话好听，但你别以为我是傻子，到手的鸟肉我会把他放了吗？”说完，它便嚼了起来，等它意识到上当时，已经晚了，它不出意外很没面子地昏了过去……

第二天清晨……

灰太狼一醒来就发现自己被绑在火箭上，按照它对喜羊羊的了解，它知道它肯定又要遭遇危险了，没办法，为了自己的一条小命，他只好低三下四地对喜羊羊说：“喜羊羊，我知错了，你放过我吧，好吗？”“灰太狼大叔，你真的知错了吗！”喜羊羊带着危险的笑容问，灰太狼不知喜羊羊在打什么鬼主意，生怕自己会有危险，就急忙的一边点头一边说：“是的，是的。”这时，喜羊羊像阴谋得逞了一样哈哈大笑起来说：“为了奖励你知错就改的好习惯，我决定免费送你去月球旅游，是有去无回的哦，可以一辈子在那里过，我猜你一定很心急吧，所以——沸羊羊，点火！”听见这话，沸羊羊不知从哪里蹦了出来，手里还举着火把，他和喜羊羊一样阴险地笑着点燃了灰太狼的“私人飞机”的导火索。看到这幕，我哈哈大笑起来，为灰太狼大叔的命运默哀。3秒过后，灰太狼大叔驾着他的那架“私人飞机”起飞了。远远地，还能听见灰太狼大叔的哭泣声。我们还顺势向灰太狼大叔做了个Bye-bye的动作。笑哈哈地目送着灰太狼大叔的离去。经过这件事，我和喜羊羊们的友谊更深了。

一个月后……

“小鸟，你真的要走吗？”喜羊羊睁着他的大眼睛伤心地问我。“是的，我在这丛林中过了这么久，也该回我的城市为我的家乡做出点贡献了。”“好吧，那你走吧，但你一定要记得回来看我们，知道了吗？”“嗯。”我听得出喜羊羊的话语里充满着许多的不舍，但我没办法……

回到家乡

回到家乡后，我首先回到的是自己的家，我看见自己的家人正在为我的失踪而伤心。看着家人们，我也很伤心，所以我为了能经常见到自己的家人，便在自家门前的一棵茂密的大树上一个隐蔽的地方做了窝。每天我都要“工作”很晚才能回到自己的“家”，我所谓的工作就是每天出去捉虫，我还不是小鸟时，是最怕虫的，可现在每天都要去捉，不但不害怕，还有捉虫捉多了的喜悦呢！经过这几个月来的这些事，我明白了做人的好处：1.可以拥有家人的爱；2.可以和好友们一起快快乐乐地玩；3.人可以学习，读自己喜欢的书……当然，做鸟也有很多好处。比如，1.可以在自己不开心时去天边飞一圈；2.可以认识许多森林里的好朋友；3.可以美化环境……通过这些好处，最后我总结了一个道理：在这个世界上，每一个生灵都具有自己独特的美，自己是人还是小鸟不能自主决定，但自己身上的优点和当的是什么的好处可以自己做主，没有的可以把它挖掘出来，对吧，所以我现在又想做人了，因为我觉得我需要家人的爱……

第三部分

花开在梦里

窗外，丝网一般的月光依旧浮在天空里，浸在水一样的月光里的天空，似乎正带着某种说不出的意味瞅着我，而我却分明听见月光那曲无声的琴音从我心底滑过之后，有袅袅箫音从天际传来……

——操雨晨《月若有情月长吟》

我们不过一场戏

黄　睿

圈圈圆圆，天天年年。

我们就这样，上场，演出，谢幕，退场，像是从一开始就被设计好，来不及思考。

只是，在散场后很久，你还会不会记得？曾经有一个女孩，和你分享同一张课桌、一起斗嘴、一起长大，被你整到还要唱歌。

你是一个tragedy

我抱着膝坐在墙边，无比郁闷地对米夏他们说，我觉得SD自从和我同桌起，就变坏了……SD是你的外号。哪里。米夏满不在意。他本来就很……很“暴力”的……其他几位则“欢欣鼓舞”，真的变坏了呀？哇，太好了……我更加无语，看着他们一脸“I’m just kidding”的表情，第一次知道什么叫做“哭笑不得”。你们几个……什么意思？

低下头，我又开起玩笑。没准是他身上本来就有这种潜力……结果一和我同桌就被激发出来了呢……大家纷纷赞同，我便想起你的“光辉事迹”。

做同桌两个月以后，斗嘴便成了我们的必修课，而且“武器”都是中英双语。有时候英语课上得正安稳，你会突然来上一句，就像那天。教到“tragedy”这个单词，你很“激动”地碰我胳膊，特流利地吐出一句，你是一个tragedy。我有呆若木鸡之感，半晌还击道，你才是……tragedy。满脸不快的表情却被你完全无视。你继续完全置身状况外地聚精会神地看课本，把我丢在一遍暗自感叹。

我将这个“惨痛经历”——我承认这是夸张，因为诸如此类的情况我早就习惯了——“锦上添花”、“添油加醋”地告诉欧若尔同学时，她睁大眼睛相当“天真无邪”地问我，姐，那个……tragedy是什么意思呀？我摸着头苦笑，呃……就是悲剧。哦……这样呀……若尔若有所思地微笑起来。忽然她很认真地叫，哎，姐。嗯，怎么？我看着她。若尔笑得人畜无害，你是一个tragedy。

欧若尔！你这个……

你看，若尔还没有见过你，就被你带坏了。巫迪也，你说你是怎么做到的呢？我突然开始为我的未来担心了哎。巫迪也，你果然是个强大的孩子。

安静下来，我又一次缩在墙角，双手抱着膝。也许这是一种缺乏安全感的姿势，可我却莫名地习惯这样做。你肯定不懂，你那个看起来无忧无虑，有时用你的话来说甚至“不怎么正常”的同桌——欧莞尔，也会有如斯寂寞的时候。我无比自嘲地扯了下嘴角，漫无目的地发呆。

只是每当这样的时刻，我都会怀念从前。巫迪也，你知道吗？

我为什么会成为你的同桌？因为我不乖，让老班看不过眼。曾经的那些时光，那些和米夏他们大把挥霍的随风飞扬的流年，终于都因为我们毫不知情的叛逆而变成了过去时。而你，是一个百分之百的乖孩子。虽然和你一起也会开心，但我还是不由自主地回忆，难以自持地心疼。可是都来不及了呢。

巫迪也，SD。我常这样叫你。而你总是半趴在桌面埋头苦干，“充耳不闻”。我于是也习惯了一个人把脸贴在桌面上，胡言乱语。都是些凌乱的句子，你又怎么会了解呢？不过，有些时候，我还真是羡慕你呐。

巫迪也，你知道世界上最无奈的真理是什么吗？

失去才懂得珍惜。

呵，欧莞尔。你果真是一个tragedy。

我觉得你像comedy

用中英双语“混双”损我的同时，你也不会忘了随手捡上一句夸自己的。我反驳你说，巫迪你也是comedy。你倒是很高兴的样子，连声道那很好啊……脸上分明写着“谢谢夸奖不过我是很低调的”，让我突然萌生出一种想去撞南墙的冲动。But我忍了，要不你一定会鼓掌，便“怂恿”说去吧去吧我不拦着你。

My god！我欧莞尔是冒犯了哪位天使，还是上辈子偷了伊甸园的门钥匙，为什么会弄成这样？

尽管这样，我也还是觉得，你是个可爱的孩子。喜剧？大概是的。You are a comedy of our class. 笑的时候你会脸红。我抓着铅笔和画纸，冲你喊“model”的时候，你会很敏捷地把头转向另一边，或者埋进臂弯。我想要你笑给我看的时候，你会一本正经地抿紧嘴巴。回答老班提问的时候你会一直晃。觉得窘迫的时候，你会说“呃——”，拖一个很长很长的略带稚气的尾音。

自习课、下课时间、上课铃刚响过的时间段，我总会高高低低、深深浅浅地哼唱自己喜欢的歌。这些时间你一般都在同作业“奋战”，也许是因为敏感，经常做不下去。某天你郁闷道，你不要唱了……我很奇怪你为什么从来不直呼我的名号，是“欧莞尔”这名字不好听？可至少也没到有碍视听的程度。但就这样被你执着地省略了。

为什么不唱？我觉得自己明知故问。

你唱得……我都做不下去了……你毫不顾忌地用了强调的语气，一遍用指尖点着作业本。

拜托……我觉得不难听么……再说了，她们都和我一起三年了，听我唱歌听了三年了，也没说过我跑调。我把正在远处的一群死党搬了出来。你却分明是一脸“见多不怪”。她们听你跑调跑了三年，当然习惯喽！……我哭笑不得，半天憋出一句，我知道你不是认真的……

只有这招对你比较管用。

后来我把这件事说给若尔听。若尔笑得开心，你们班的副班太强大了。我这才被提醒，巫迪也你还是咱们副班长呢，各位会不会被你带到沟里去？

若尔说，姐，comedy是喜剧对吧？我点头，嗯这孩子真聪明。她得意地比了个手势，那——是！

唉，我发现若尔越来越像你了。我趴在桌子上郁闷。欧莞尔你失败呀……就这么被一个comedy打败了。他不认你当姐是正确的。你不配呀你……想起自己曾经丢给你一张纸条，上面只有一行字。SD做咱的弟弟好不？本来想用陈述语气的，可惜没那胆量。你问我为什么，我心虚地说因为你比我小，只有自己知道不止这个原因。你说，有这么个姐实在说不出去啊……当时我不服气地反驳，而你一笑置之。

可是巫迪也，我还是会把你当成弟弟呢。

生活其实是documentary

某一天我问你，巫迪也，你觉得生活是更像tragedy还是更像comedy？你看着左边的我说，其实生活，应该是documentary才对。彼时你的表情溢满了认真，与我记忆中——或者说是印象中——的那个巫迪也判若两人。我点头，嗯，你说的对。那一瞬间，我竟有些恍惚。原来你也是个会在不经意间有些感慨的孩子，原来是这样。

是的没错。生活是一部纪录片，我们就在不断地奔走忙碌里、在这部片子中，一点点长大，褪去青涩幼稚的外壳，变得渐渐成熟。可是这部纪录片并不像我们想的那样单纯，我们会受伤，会孤独，会遭到冷遇，会有各种各样的困难，我们会发现，人间有好多无奈。对么？

你一定会笑我，没想到欧莞尔是一个假装看破红尘、伤春悲秋的小孩，不过，你不觉得假？你肯定会这样说，用上“小孩”二字，因为我也总是肆无忌惮地叫你“小孩”。

对呀，我不觉得假。可是我也不想再这样了。

米夏说过，每个人都是别人世界的配角，但要做好自我人生的闪亮主角才是我们需要追求的人生目标。初次听到这句话，我只是极淡地一笑而过，然而在很久后的现在，却突然有了很多在旁人看来大概没什么意义的感触。对于生活这场documentary，我们可能永远都是道具，沿着既定的路线、设计好的剧本、常数般的结局，一直一直过下去，我们的台词，再美也终究只是台词。但如果我们有了自己的信仰，怀抱着希望和梦，给予彼此、更给予自己飞越海洋的力量，就能让自己的生命精彩起来。我们都是主角。

巫迪也，你能给你的书包减减肥吗？看你这书包，撑到一定水平了，跟炸药包似的……

不能。

……同学，你知道每天我最郁闷的一刻是什么时候吗？

看到我出现的时候？

这可不是我说的……呵呵，准确地说，应该是看到你那书包出现的时候。

……对了，下一节是什么课？

嗯？不晓得。你等着，我找找课程表……

是不是××课？

哎……你知道还问我。

这是每隔几天都会上演一次的对话，忽然想起却觉得格外亲切。或许还是略显平淡，因为这才是生活大部分时间里呈现在所有人眼前的样子。像我说过的“圆要是不圆就不叫圆了”，纪录片要是太跌宕起伏，也就不算是纪录片了吗。

噢，说得有点多了吧？So much for it.

暮冬，下着雨的上午，我和若尔站在街边的公交车站等车。

望着来来往往奔忙的车辆，我拍了拍若尔的肩膀。小孩，你要记得哦，纪录片是……documentary。其实还有好多东西没有说，不过我相信，她会慢慢了解的。

梦里没有ending

三年。现在的我们，是有资格说“三年”的孩子了。也许还差几个月，但在我们走过的来路里面，这几个月真的不算什么。从不肯承认比我小的你，会不会觉得高兴呢？可是就要中考了，等待我们的，是可谓“天昏地暗”的考前总复习，是有生以来第一个、也是最残酷的“没有硝烟的战场”，是大人口中决定命运的不知何处寄来的录取通知书。

However，欧莞尔在乎的不是这些。全都不是。

有人说，中考是一条分水岭，决定每个人今后的路要如何去走。我想要补充，这条分水岭分的，绝不只是前途，更是一起走过的时光，是回忆，是所有的曾经，是我们这个集体。好像一把刀，不管咱多么不情愿，它都无视掉，然后一下一下切开、分散，留下一片狼藉。中考过后，是不是一切都结束了？而曾经朝夕相处的一票子我们，是不是会像经过凸透镜折射的平行光束，短暂的聚焦后旋即离散，从此一寸一寸背道而驰，再不回头？是不是会退成彼此的路人甲乙丙丁，走成最熟悉的陌生人？然后再也回不去。

太悲观了点吧？也许没有这么糟。可总是要离开的。巫迪也，你有没有舍不得过。

做同桌以后你第一次答应帮我，是因为一把钥匙。轮到我们值日，很“幸运”地碰到元旦假期前一天——12月31日。我负责保管钥匙，可是出于百分之八十的对全班同学负责之心——本人的记性十分“傲人”，有百分之九十九点九的概率忘记来开教室大门——当然也出于百分之二十的懒惰，就向你求援。你一口回绝。任凭我“巫迪也”、“SD”……高高低低地“拜托”了十几声，你还是坚持摇头。无奈，我很郁闷又很沉默地上一边擦黑板去了。

可是安静了几秒钟，你忽然说，哎，要不我帮你管钥匙好了。我还没来得及反应，你又一句，不要就算了啊。当时我差点蹦起来，好吖，谢谢SD！

你第一次夸我，是因为我的文字。放寒假前的集中，你从包里摸出我前一天塞给你的、写着我从前几篇文字的笔记本。我小心翼翼地问，呐，巫迪也，那几篇文写得……还好吗？你笑，我昨天花了一晚上就看完了，很快吧……写得不错。真的。末了证明真相似的强调一句。我愣了一下，突然怀疑起自己的耳朵，直到看见你肯定的眼神和竖起的大拇指，我才释然地微笑，让牙齿出来晒太阳。

我对若尔说起这件事，若尔一脸庆幸。呵呵，我同桌夸过我好多次了，羡慕我吧。我说就是就是，那你还天天说人家坏话，真是“身在福中不知福”……转过身后，我默默地想着，所以，亲爱的若尔，答应姐，要好好珍惜这三年的时光，珍惜这三年里的友情。

还有，你第一次教会我那么多，是因为我的软弱。当我在对着那些可望而不可即的东西悲伤、黯然，心底涌动着深深的落寞甚至自卑的时候，你只说了一句，不要羡慕别人。

我想这句话，我会一直一直记得。

音箱里传出许嵩同学清澈忧伤的歌声，散场电影，全世界伤心。逛米夏的空间，读到一段他写在日志里的话，大意是，如果某天我们在某个街角相遇，不管是独自一人，抑或身边站着家长、朋友、新同学，当我们的目光彼此触及，不需要打招呼，只要一个淡淡的微笑，证明，我们的友情还在；证明，我们并未忘记彼此；证明，我们会把彼此铭刻在心；证明，我们的眼里都有彼此。

又想起米夏的话。毕业，在梦中没有ending。Loading……

尾声

如果我们只是一场戏，可不可以要一个不离的结局？

欧莞尔。巫迪也。米夏。还有尚未懂得这些的欧若尔。站在成长入口处的孩子们。所有的一切，都要好好地走下去。

纵使青春散场，彼此不忘。

月若有情月长吟

操雨辰

坐在窗子前，不经意地抬头一看，一轮圆月高挂在树上，是的，窗外有婆娑的树影，月亮便在树与树的影之间晃动着，月亮近极了，真想一把摘下它！

猛然想起今天是中秋，难怪月亮这么圆呢！而月亮旁的一片片云彩也似乎闪烁着光泽。月光静细如丝，似乎正握着一把丝质的竖琴，弹奏美妙无声的音乐。可我却没多少闲工夫去“听月”呢，白天疯玩了一把，好多作业都还没写呢。

拿起笔，可窗外那一轮明月却总在眼前转圈圈，怎么也赶不走。我便索性放下笔，默默地看起月亮来了。

看着看着，突然觉得，月亮是有魔力的，别扭的房子，嘈杂的人声，一下子柔和了起来。窗外的月光，不知什么时候早已悄悄地漫到了我的屋子里来，它似乎就像是故事里的猫公主所织出来的布一样，一抬手，似乎已经滑到我的手心里来了，也同时让我的心里漾起了温柔的涟漪。

月亮闪着淡淡的光辉，今夜的天气真好，可偏偏就没有想要思念的人呢。啊不，我怎么差点就忘了呢？

那是我的外公，我对他的印象其实很模糊，五官都记不太清了，只有一个模糊的脸，模糊的笑容。毕竟外公离开我们已经七八年了，而那时我才四岁，还什么都不懂。从我依稀记事起，妈妈就告诉我，外公一直很勤奋，总在画室里挥毫泼墨，从不知疲倦。有时放松的时候，会在清月出岭之际，吹箫一曲。而外公也一直性情豁达，硬骨朗朗，可不知怎么突然得了癌症。听妈妈说，他一直与病魔顽强抗争，为了不让亲人伤心，他淡定坦然并且微笑着去迎接死亡，他在生命的最后一刻还开着玩笑说他终于知道什么叫一剑封喉了。

我的房间里，挂着外公画的梅花图，上面还写着他的名字，要不是这幅梅花图，我也许早把外公忘了，毕竟那时太小了，而天堂里的外公也许也会认不出我了，我已慢慢长大了，便突然想起小时候背过的那首词：纵使相逢应不识，尘满面，鬓如霜。

月亮似乎能照出我的心事，今天的中秋对外婆来说一点都不团圆，也不知外公坟头上的那一轮圆月是不是会格外的清冷寂寞？不知他在那个面朝绿水、背倚青山的净土中，是否真的可以浅醉闲眠，对月独萧……

我不记得外公爱吃什么，也不记得他生前对我说了些什么，只是听妈妈说，他病重之际，曾紧紧地抱住我，问我长大了会不会想他，我只傻乎乎地点了点头，外公把我搂得更紧了。可现在我却怎么也想不起来了，我不能借他的一些话语来怀念他，只有今夜的月亮才勾起我对他的思念。以前写到这儿，稿纸早就浸湿了，可今天，鼻子竟连酸都没酸一下——也许时光的流逝真的可以冲淡一切，况且那时候的我真的太小，很多事都没有留下记忆。

窗外，丝网一般的月光依旧浮在天空里，浸在水一样的月光里的天空，似乎正带着某种说不出的意味瞅着我，而我却分明听见月光那曲无声的琴音从我心底滑过之后，有袅袅箫音从天际传来……

月光如水，墙上的那幅梅花图好像活了，我突然觉得，对亲人的思念永远都不会真正停止的。

我看见，外公活在今夜的月圆之夜了，活在这清秋的梅花图里了，也活在我隐隐的思念之上了。

外公的脸渐渐地清晰了起来，而那婆娑的树影里渐渐地、渐渐地晃出外公有温度的影。

向日葵也需要陪伴

孟祥宁

晚饭过后，和对门家的小女孩嘉嘉出去遛弯儿，她今年五岁，喜欢在头上扎许多小辫子，穿可爱的裙子。我一直觉得带孩子是一件很好玩的事情，可以玩好多稀奇古怪的游戏，肆无忌惮地在大街上玩耍。

难得夏天有这么清爽的晚风，我抱着一个黄色的皮球，嘉嘉骑着四个轮子的儿童自行车，一路发出“隆隆隆”的声音。她妈妈时不时喊一句，慢点，注意安全。到了广场，坐着许多爷爷奶奶，他们拿着大蒲扇，一边扇着一边聊天，笑得合不拢嘴。

嘉嘉骑着车子从一个小坡下来，她妈妈再把她推上去，然后她又骑着车子“刷”下来，玩得不亦乐乎。这样来回几次，她妈妈的脸上已经有了汗珠，却还要一边擦着汗一边陪她玩。我提议：“咱们来拍球吧。”嘉嘉高兴地把车子撂到一边，就拿起了球。我以为她拍着球我们就可以歇会儿，可她非要数着，于是我们开始了漫长的数数，一二三四五……大概数了好几百，她才停了下来。我们在一旁鼓着掌，嗓子却都要冒了烟。

我第一次这么强烈地体会到，做家长的可真不容易，必须要有足够的细心和耐心。她妈妈和我坐在花坛边聊天，嘉嘉显得有些不高兴，抱着球要我们陪她一起玩，于是我们开始玩传球的游戏。

小孩子总是那么容易就得到满足，玩累了，嘉嘉开始撒娇，她妈妈虽然很累，但还要抱着她哄她，把笑脸给她，而把疲劳与不安藏在身后。

这让我想到了向日葵，天下的父母都像向日葵一样，对着孩子，永远是阳光灿烂、笑容满面，让他们知道这世界的美好，而身后的阴影却从不让他们看见，即使再苦再累，也不会表现出来。

所有的家长都是这样吧，他们辛苦了一天的工作，回到家也不能好好放松，做饭洗衣服看孩子，他们放弃了电视电脑等娱乐，一心只陪着自己的孩子，这样的爱是最无私最伟大的。

那么我们呢？做子女的又是怎样对待父母的？我们长大了，翅膀硬了，妈妈的一句叮嘱不愿听，爸爸的一句劝言不理会，只顾自己的学习工作事业，连一点时间也不留给他们。可是，我们小的时候，他们花在我们身上的时间永远也无法计算清，我们又怎么能嫌和父母说说话、唠唠嗑都是在浪费时间呢？

抽空陪陪自己的父母，像儿时他们看你学骑单车，心中装着一颗不安的心；像儿时他们耐心地看你拍皮球，给你数数，数到嗓子都干了；像儿时他们看见你的一点点进步，鼓着掌时露出的美好笑脸。

百善孝为先，一个人如果连自己的父母都不孝顺，连自己的父母都不愿意陪着，更别提成功了，他一定是最失败的人。因为他没有道德，他不懂得爱人。

向日葵也需要我们的陪伴，在他们的心中，永远会把笑脸对着孩子，我们也一定要将阳光洒向他们的身上。

带着梦想上路

李恒忠

牵着你的手，一路上有你有我。

在路上，我们势必要经历许多的艰难险阻，但是对于我们而言，是必需的，因为在经历种种磨难之后，我们才能成长，我们才能坚强，我们才有能力去实现我们心中的梦想。

假如，一路上到处都是风平浪静的，没有多少挫折，没有多少磨难，那我们依靠什么去成长，依靠什么去实现自己，又到底怎样才能实现我们心中的梦想，到达路的尽头去看美丽、充满生机的园林风光，去看各式各样的亭台楼阁，去感受诗意的荷园水榭，去体验烂漫的小桥流水呢？

漫漫人生路，征程是艰辛的，两旁的风景是五彩缤纷的，同时也到处充满了诱惑，着实会让人着迷，甚至还无数次地停下继续向前的脚步，转而冲向她，去拥着她一亲芳泽。但是那对于现在已折翅的我而言是不可能的，因为我已没多少本钱，我可能输不起，所以我明白了路旁的风景再美，也不能停下脚步，我要以坚强的毅力去战胜她，战胜她的诱惑，本着梦想尚未实现、目标仍在前方、我仍需努力的心态告诉自己不能放弃，提醒自己要坚持，那样我才能更靠近我心中的梦想，为实现她而奋斗。

一路上，有过不少小小的惊喜，她就像一股股清凉山泉浸润我的心，亲吻我的每一寸肌肤，让我体验了一下获得的美好，让我小小地骄傲了一下，但我明白，那点收获并不是我的最终目标，我不能就得意地满足，我告诉自己，一个十字路口的小收获只不过是昙花一现。那或许不是在为我祝福，而是在给我一个诚心的忠告，告诫我要谨慎地选择每一个路口，找准自己人生的定位，选择一个适合自己的路，在迈步向前时，昂首挺胸，发挥自己最坚强的斗志，战胜一切险阻，勇敢迎接下一个路口，为自己心中的目标而奋斗。

而前方的每一个十字路口，对于我这样在征程路上的人来说就是一个小坎，如果我越过了那个坎，那就是我的胜利，我就收获了宝贵的经验，在面对下一个路口，下一个坎时，我就有了足够的本钱去战胜他，超越他。

那样，也就让我从一个个小坎中坚强站起勇敢迈向大坎树立了信心，从而让我不再畏惧、不再退缩，那么一路上的终点已不再是终点，而是我的起点。

梦想仍在前方，路仍在继续，我屏住呼吸克制住自己的冲动，牵着你的手，迈向前方。

寻梦

习修鹏

“寻梦？撑一支船篙，向青草更青处漫溯，满载一船星辉，在星辉斑斓里放歌。”

每个人心中都有一个梦，也许有的会很缥缈，但一样会有人去坚持，渴望达到。而我可能就是这样，虽然身在金钱与权力的交织的社会中，我却一直在寻找着属于我的一个梦。

随风一片一片散落的叶子，带着我来到了一个“桃花源”。在这里，我寻找到了我的梦，宁静，淡雅，与世无争的生活。身临其境犹如赛神仙，我的身后是一座望不到顶的巍巍大山，终年不化的冰川遮盖了它壮丽的峰容，但给了它神圣与庄严。山脚，是一片葱葱郁郁的竹海，一阵风过，荡起阵阵浪花，也荡起了我心中的涟漪。我渐渐地陷入了沉思，却忘了身前的美景。忽然，一只飞鸟掠过，惊醒了沉思的我，原来我站在溪边。埋下头，看着青石透过溪水，宛如看见了一幅画，一个一个的石头拼凑出，无半点雕琢之意。时而顺水飘来几瓣桃花，袭来一阵花香，清新，迷人，更让人陶醉。溪水从山间缓缓流下，流过转弯处激起朵朵水花，静静地流过小桥，流过人家。

山的沉静，水的灵动，只有感受过才知道美。

伴着桃花，伴着水，我来到了小桥边。小桥边有一排石阶，沿着石阶，穿过竹林，来到了一个人家。这里有一间屋子，屋子的周围是密密麻麻的竹子，一个挨着一个，笔直，刚强，像守卫的士兵，时刻守护着他们。这间屋子的墙体用材全是竹子，厚厚的竹片拼凑而成。屋顶是麦草做的，整整齐齐的。踏着圆筒的竹节，我走进了屋子，除了常用的家具和生活物品外，空空的什么都没有。我不禁坐了下来，慢慢地睡着了，也许是累了。不料时间过得真快，转眼已至中午。醒来出门一看，缕缕青烟坡顶而出，飘至天边，走向远方。

我离开了，来到了山间。抬头望见一个青年背着背篓，在四处寻逛着，时而弯腰摘起几株小草问问气味。我想他可能是一个大夫，上山采药。我跟着他，静静地，默默地，不知逛了多久。天渐渐黑了，他要回家了。穿过小溪，穿过丛林，来到了竹林深处。一看又回到了原点，屋子。可这时的屋子却升起袅袅炊烟，走出来一位美丽女子，上前替他接下背篓，扶着他进了屋子，桌上热腾腾的饭菜，喜悦挂在脸上。两两相对，含情脉脉。

门一开，醒了，才发现原来是一场梦。

幸福也许就是这样。小桥流水，竹林深处人家。

梦就这样，缥缈又现实。而这正是我所追寻的，虽然它没有城市繁华和富饶，但它有最美的宁静，淡雅和和谐。也许他没有金玉满堂，腰缠万贯，可他却有一生的幸福。

生活在尘世，物欲横流。我们都有梦，你追求金钱，他追求权力，而我追求一种生活——一种小桥流水，竹林深处人家的生活。

因为现实太嘈杂，我渴望宁静，渴望淡雅。希望有一个像梦中青年与那女子的生活，幸福，快乐

寻梦，寻小桥流水，竹林深处人家的梦。

梦·距离

曾经梦想，你是我生命中最精彩的金色年华，我的每一片田野都将在你这里开花。

曾经梦想，你是我青春里最绚烂的五彩油画，我的每一段经历都将被精彩的刻画。

曾经梦想，你是我旅途中最完美的青涩风景，我的每一个脚印都将留下美丽弧形……

然而，当你离我越来越近时，我却感到莫名的害怕，因为感觉告诉我你不是我梦想中的大学。

果然，当我触摸到你的轮廓时，你已经让我从天堂跌入深谷，离了我的梦，放了我的爱，碎了我的心。

梦想与现实的距离在你这里显现得淋漓尽致。可是，我却只有告诉自己：你不是这个学校最好的，你就没有资格说这里不好。于是，我接受了你，开始慢慢习惯你。

现在，我已不再后悔，即使距离仍然存在。因为你让我看到了黑暗，也让我看到了光明。

黑暗的是关系，光明的是努力。曾经梦想的美丽不再浮现，有的只是看清现实。

我们总是单纯的想象，却忘了这社会还有一层关系叫复杂。

只有保持一颗纯洁的心才不会败在梦想与现实之间。只是那颗纯洁的心很难游走在这之间，我只有小心地保护它，不让它受到任何伤害。

我不怕梦想与现实之间的距离有多远，只要还有那些可爱的朋友陪着我，我便不会害怕。只是，我不知道自己还能坚持多久，不，我敢肯定是梦想与现实的距离为零的那一天！坚持，即使距离越来越大，也不要迷失自我，因为我早已习惯，放弃已成不习惯。

花开在梦里

董玉婧

岁月似无情的流水，会把记忆冲得像鹅卵石一样，无棱无角。曾经的欢笑，曾经的泪水，都被岁月冲淡了。唯一没有冲淡的是我对你的思念。

秋天的农村，到处洋溢着金色的气息。

我时常光着脚丫，穿梭在四野间，无忧无虑地，见牙不见眼地大笑。

没有爸爸、妈妈在身边的孩子很孤独，我把所有的思绪都沉浸在这田野之中。

我像往常一样，光着脚丫，疯野似的在田野之中玩耍。时而，躲在麦田里；时而，探出小脑袋。

此时，迎面走来一对手挽手的夫妻。他们看上去很恩爱，很般配。

我站在麦田里，久久地凝视着他们。

他们走过来，抚摸着我的头，笑着对我说："好久不见，又长高了。听爷爷、奶奶的话了吗？"我没有回答他们，注视了他们几秒钟后，头也不回地跑回了家。

是的，他们是我常年在外打工的爸爸、妈妈，很长时间都不回来看我的爸爸、妈妈。我对他们只有一个模糊的印象。记忆之中，伴我成长的只有爷爷、奶奶，还有我心爱的麦田。

奶奶回家也看到了爸爸、妈妈，然而眼中流露的不是高兴，而是悲伤。

爸爸、妈妈这次回来没有像以前那样急着走，他们在家帮助爷爷、奶奶下地干活，把一捆捆的麦子从田里抱到打谷场。看着一家人聚在一起干活，我伴着空中飘飞的麦叶跳啊，笑啊，以前的梦在此刻是如此的真实。

夜晚，我被一阵吵声惊醒，透过窗纱，英俊的爸爸是那么面目狰狞，而漂亮的妈妈是那么歇斯底里，像一朵颓败的花。

“钱呢？你把钱藏哪了？”

“哪还有钱，钱都被你败光了，这日子没法过了。”

“啪”妈妈捂着脸呆坐在地上。

最终，他们的争吵以妈妈的哭泣、软弱而停止了。

秋天的夜有微微的风吹来，凄凉而又寒冷。

我趴在窗子上看着这一幕心寒的画面，看着满天的繁星。微风从窗口吹来，吹乱了我的思绪，也吹乱了这几年我对他们的“梦”。

我，就这样，想到了黎明，不远处传来了一阵阵的鸡鸣。

我看见爸爸走了出来，他也许是想在外面“搞”点钱，然后再买毒品。以后的几个月，爸爸都是“早出晚归”，回来以后，都会和妈妈大吵一架。

每一次，我都会被他们的吵声吵醒。趴在窗前静观一次又一次的吵闹。

爷爷实在看不下去爸爸的行为，狠狠地把爸爸骂了一通。对于爷爷，爸爸是知道孝顺的，不敢和爷爷顶撞。

在爷爷骂了爸爸以后，爸爸“听话”很多，不再像以前那样“早出晚归”，但偶尔也有出去一会儿的时候。

秋天的白天，没有夏天多雨，天空挂着火红的骄阳。

我们一家人，正在打谷场晒麦子。

这时，走进来两个穿警服的人，他们像秃鹫盯着一块死肉一样死死地盯着爸爸，生怕爸爸在他们视线范围之外逃跑。他们二话不说，走到爸爸面前，把爸爸按倒在地，双手背着用链子捆了起来，拉着爸爸就走了。

我呆呆地怔了几秒后，跟着跑了出去，看见爸爸的背影很干瘦，爸爸时不时地回头望望我。也许在爸爸的内心深处已经后悔了，只是还没来得及改正。

爸爸的背影越来越模糊，直到变成一个小点消失。

在爸爸被抓走的时候，我自始至终没有掉过一滴眼泪，因为眼泪换不回爸爸，更换不回一个完整的家。

落叶在我的身边悄悄地飘起又落下。

今年花胜去年红

罗晓剑

无聊的思绪在记忆里旋转，总会让我想起我刻意忘记的过去，或许遗忘才是记忆的载体。

夜凉如水，漫过霓虹后的空旷。我独自漫步于跑道上，感受着风的韵律和灯的寂寥，一种强烈的兴奋与冲动伴随着一种莫名的感伤，是不是我遗忘了美好？

我不曾忘记，瞬间灼热的温度会在一个白雪飞舞的日子化为飘絮，似曾陌生，似曾相识，偶尔回首那些过于短暂的美好。一切还来得及展开的记忆，都会随着日子的消磨，失去了一切继续的意义。用理性的冷酷姿态看待过去，让人安心和坚强。

随着年龄的增长，我习惯把过去调整到一个适合的温度，这样的生活兴许缺乏了原始的“因物而喜，因己而悲”，但平淡，才是生命的最终归属。

心仪的人在视线里渐行渐远。只有在无事可做的夜里，记忆才会被更加刻骨铭心的事情占据，曾经相拥又微笑着分开的人，是否只能活在过去？

我忘记，但我始终记得。我很恋旧，我怕一生就这样空白，仿佛轻轻一飘却又无法高飞。我喜欢回味过去，把我的快乐，忧伤和他填充在那里，找个月光铺地的夜里，牵挂，思念，微笑。

忘记过去，是一生缘分的终点，还是下一个轮回的起点？

记忆是亘古绵长的琴音，滑过我的心灵，留下一道道不平的痕迹，有记忆必然有忘记。记忆中的过去，让我捉摸不定，他那么神秘，让我充实。

落叶的坠落，并不是忘记了对大树的依恋。它飘过我的耳边，像疲倦了的蝴蝶，飞舞的姿势很唯美，就像漫天飘落的樱花瓣，我听见风中她对大树说："我不会忘记你的。"

回想过去似乎成了我与生命同行的习惯。直到那样一天，思念的时间太长，我终于忘记了要回想什么，忘记才算等于记忆，这大概就是永恒！

种下朵朵，葳蕤年少

韩佳睿

一、 恍然间，时光已翩然轻擦

忘记了是什么时候，我们用“与己无关”这类的辞藻来定义“六一”；忘记了是什么时候，我们用流行歌手的专辑CD，取代了曾经视为珍宝的卡通动漫；忘记了是什么时候，我们不再为了一些琐碎而轻易落泪；忘记了是什么时候，我们不再只有拥着父母才能安稳入睡……

拨弄着时间的沉钟，我们是不是已经长大？纯真可爱的孩童，成长为弹唱吉他的旭日少年；稚嫩娇憨的幼童，蜕变成了舞姿绰约的花季少女。

呵，时光如青苔，年华不可思议。即使我们微笑着说，我们一直停留在时光的原处，然而，其实早已被洪流无声地卷走。

我们，突如其来地，长大了。

二、 我们就这样，静静捡起了勇敢

或许，我们都曾有过这样的梦：某天，会有那么一位英俊高贵的王子，骑着白马捧着钻石，不远万水千山只为自己而来，然后带着自己去往华丽的城堡，幸福快乐地生活。

然而梦境终归只是梦境，即使很长，也总有苏醒的时候。

尔后，尺壁寸阴，岁月变迁，那些饱含幻想的浪漫色彩，也在时光的冲刷下慢慢褪色，如同安徒生童话里的小美人鱼，终也化成了无数泡沫，徒留下的不过是一份无以为继、意义全无的怅然与伤痛。我们的人生就此慢慢地沉淀，渐渐地凝结，缓缓地坠落……在质感冷冽的现实面前，我们开始学会遗忘，任由时间的寒风，割碎这般仓惶而过的青春年华——

童话不再，王子不再，我们孤军奋战，一路拾掇成长，重备信心，勇敢上路。

三、 初阳绽放，年少自葳蕤

很多时候，我们都喜欢用悲伤来点缀自己的十几年华，用残忍来定义所谓的什锦流光。仿佛原本就该如此，青春从来就是一场命中注定的双生殇。

人，向来是喜欢以自我意想来定义事物本身的奇怪物种。所以即使并非如此，我们却仍旧固执。

午后的阳光很宁静，11月的教室依旧温暖四溢。看看四周，那些爱我的人和我爱的人，统统陪伴在身边，从未离去。一切如此美好。

真是值得庆幸不是吗？这样的日子，这样的光景，这样的，我们曾定义为错误的青春。

有人说，青春中韶华如锦，奇迹刚刚开始蔓延……

这一次，我坚信不疑。

成长与梦想

张 峰

我有一个梦想，长大后当一名光荣的人民教师，为祖国培育建设人才。我有一个梦想，将来身着白衣，手拿手术刀，救死扶伤，为病人减轻痛苦。

生活于当下，我每个人都会有梦想，或志存高远，或质朴无华。它就如博海上的灯塔，指引我们前进的方向；又如夜晚的霓虹灯，照亮生命，赋予人生灿烂多姿。

梦想融入我的生活，我便拥有了多姿多彩的人生。梦想赋予了国家，国家因此而繁荣昌盛。时至今日，我们伟大的祖国已走过了六十一年的峥嵘岁月。在这六十余年的时光当中，不屈的中国人民凭着信心和智慧一步步从黑暗走向了光明，从落后走向了发展！这一切的辉煌与进步，是老一辈革命战士追求梦想的结果。当然这期间所付出的汗水与努力，是他们这一辈子需细细回味的记忆。这一段记忆在他们的脑海当中，是清晰的，清晰到鲜明生动，是深刻的，深刻到挥之不去。他们记得，建国初期自己吃的窝头，住的平房，穿的粗布，行的脚力，而到如今，这一切全部发生了质的改变！因此，实现梦想的动力激励着他们奋发向前。

记得在去年的国庆阅兵式上，当我看到三军仪仗队迈着整齐的步伐，雄赳赳气昂昂地走过天安门城楼时，我思潮翻滚，感慨万千！往事如烟！万千思绪中，我想起了十年前的世纪大阅兵，十年前的生活景象。十年前，我八岁，还是一个天真活泼，顽皮贪玩的小学生。当时虽然也看阅兵式，但是面对被阅的各种新式武器和先进设备，一概不知，只是面对着解放军的整齐步伐大声地尖叫，崇拜得五体投地："我长大了要当解放军！"面对着江泽民总书记的重要讲话，我却对着父母骄傲地又傻乎乎地说："我知道，这个老头儿就是咱们中国的国家主席！"八岁的我，面对阅兵式，想到的更多的还是要是好东西，要上哪玩儿！回忆起来，这十年前的光景对我来说如珍珠般珍贵，因为它代表了我童年的天真与可爱！融合着我对祖国和人民最初步的崇敬与赞扬！

回望这十余年，随着年龄与阅历的增长，我恍惚觉得我真的是长大了，已经从天真的顽童成长为了朝气蓬勃的青年。往昔那些天真的想法与单纯的思想已悄然而逝，而逐渐占据脑海中的，是对学业的拼搏以及对未来的美好遐想！走过这十年，踏遍每一个成长足迹，我蓦然发现，依恋父母，视父母为天柱的日子已经不复存在。生活中的磨难，成长中的挫折则更需自己来担负了。古人常说：不经一番彻骨寒，怎得梅花扑鼻香！是的，经过十年的艰难，我感到自己真的成熟了许多。而那些历练的过程、成长中的烦忧、叛逆期的任性，以及父母那无时无刻的叮咛与嘱托都将会成为我成长中的珍贵记忆，且永存心间。

今天，再回味那场精彩的阅兵式，脑海浮现那雄伟的三军仪仗队，我深切感到，梦想的牵引使一切都在进步，一切都在变化，十年的光阴推动了祖国的发展，促进了人类的进步，使中华民族的面貌焕然一新！

时至今日，我已经走过了十八个青春岁月，经历了幼儿时的牙牙学语，儿童时的天真无瑕，叛逆期的任性执拗，以及青年前期的奋斗思潮。其间，我既拥有欢笑也不失痛苦，享受过成功后的喜悦，也饱尝过失败后的沮丧。但是，此时我只想说一句话，多彩的经历是实现梦想的敲门砖。于成长中不经历暴风雨的洗礼，就恐难见实现梦想后，那绚丽多姿的彩虹。

我深知，时间的脚步一刻也不会停留，青春的岁月将过而不回。孔子曾说过：“逝者如斯夫，不舍昼夜。”面对将来，我将用汗水去拼搏。面对梦想，我用睿智与不舍去换取。面对成长，我只消说，用记忆来品味成长，用拼搏来回报成长！生命不息，奋斗不止！

第四部分

在春天的绿舟里划过

我画了一幅画
绿色的花，绿色的树
风和吹散的云朵
也只用绿色渲染
我想让春天一直留在家里
让秋天的落叶经过窗户时
为看到春天而快乐

——高璨《我坐在春天的绿舟里划过》

我坐在春天的绿舟里划过

（组诗）

高　璨

一朵野菊花又开了

夏天的第一缕阳光
和春天的最后一缕阳光，悄悄
擦肩而过，谁也没有回头
深谷里的小溪上
他们的倒影

在溅起的水花上若隐若现

庭院的影子里多了把扇子
慢慢摇着，一点声息也没有
风满院子行走
寻找自己的影子

一切来去得不知不觉
我刚认出夏的模样
一朵野菊花
悄悄地，在我身旁开了

我坐在春天的绿舟里划过

一朵花，孤独地开了
早春，就开了
开在积雪还未离开的土地上
不经意间，雪已披上绿衣
那朵花不再孤独

沿着小路，绿色
从身后，一点点写到眼前
一路春天，一路幸福
我坐在春天的绿舟里划过

可总在春天的碧湖上荡漾
到达不了彼岸

我曾担心，春天
用蝉鸣作为告别
就这样将我搁浅
春天告诉我
她会一直乘着绿色
看着我微笑

我画了一幅画
绿色的花，绿色的树
风和吹散的云朵
也只用绿色渲染
我想让春天一直留在家里
让秋天的落叶经过窗户时
为看到春天而快乐

请求一阵绿色的风带给你

我知道那座森林的名字
当一缕风吹过林中水面
倒影里的绿浅浅流动
多看一眼，绿就会滴下来

把水染得更深

清晨的露珠和绿融在一起
就在露珠告别叶尖的一瞬
露珠将绿松开了

一阵风吹起的蒲公英种子
把翠绿抹淡了
可森林那只巨大绿笔
很快将绿补上
这群蒲公英种子
落在哪儿就是他们的家

我把森林所有的绿
藏进一根绿色的羽毛里
请求一阵绿色的风带给你

我寻找鸟鸣的去向

阳光从叶间挤了下来
鸟鸣也流淌出来
短促的几声
被风拉得很长

我满地寻找鸟鸣的去向
风也在找
风找到了空中
飞扬的树叶
却不知鸟鸣藏在何方

鸟的歌声啊，告诉我
你真正的归宿在哪儿
你们出自小巧的嘴
可一经唱出就再没有回过家

你们是否留在叶纹中
随风轻轻歌唱
到了秋天，也随叶
悄悄枯黄

用春天的一缕阳光，写童年

用春天的一缕阳光
蘸着现实与幻想写童年
一缕风吹淡我的回忆
一只爬过的蚕咬断我的往事
让我停下笔
与幻想玩一会儿

停下的是我的笔
走过的时光将成为过去
一张好长的童年啊
丰富的现实是一句独特的诗
纯净的幻想是寻找未来的标点

我迟迟不愿画下这一个句号
它会封闭与童年的联系
莫名地扔下这只阳光的笔
我要用春天的一缕阳光
写我的童年

我站在一株小草面前

（组诗）

闫志晖

雪地上的麻雀和瓜田里的稻草人

这是我今天见到的第七只麻雀
大雪茫茫，麻雀们无家可归
天色向晚，而大地显得更白
这一只小黑点停止了跳跃
侧着头停顿在一大片白色里

这时候万籁俱寂，时光仿佛静止
我顺着麻雀的目光

看见半年前，也是傍晚
家乡瓜田里一个单脚站立的稻草人
面对着苍茫黄昏
在最后的夕光中突然感到举目无亲

麦子，太阳

麦子。麦子。麦子。
太阳。太阳。太阳。
麦子的品质多像太阳的品质
太阳为大，麦粒为小
温暖，善良与无私从来不分大小
我总能轻易地说出麦子的名字
如同我总能轻易地同阳光不期而遇
面对太阳，我就是一块
来自家乡麦田的黑土

我脸上的黑是太阳赐予的
我心里的白绝对和喂养我的麦子有关

这时的乡村

这时的乡村让我享受到宁静
这时的乡村被包裹在沉睡的襁褓里

谁家的狗儿耐不住寂寞呐喊
那是一缕风不小心扫住了它的鼻尖

这时的乡村做着孕育的梦
它的梦境里有绿色的麦田和小草
还有浸透着汗滴的土壤
幸福河流淌的河水
河堤上一行行的杨树
以及那些背着书包入睡的孩子们
脸上的微笑

乡村宁静的呼吸
将整个大地轻轻涂匀
这时的乡村给我的梦盖上邮戳
让它在黄灿灿的油菜花丛中
在飘着香气的金色麦田里
在红色的辣椒堆和黄色的玉米堆上
遨游

我知道这时的乡村
是有温度的
温度足以将卑微和丑恶溶化
它滚烫着我的心
让我的梦常常在朦胧的时候
变得清晰

这时的乡村
给予我营养

这时的乡村很宁静
这时的乡村正在孕育着
希望

我站在一株小草面前

我一直认为：
春天的一切都是神圣的
就像现在，我站在一株小草面前
竟感觉它神圣得无与伦比

这株小草就这样站着
肩膀上落满昨晚的雨水，星辰和虫鸣
它从来不肯抬头看一眼
身旁一棵白玉兰树上的花朵
它对所有的事物好像都很漠然
只是站在自己的土地上
静静地接受春风的沐浴

它以这种沉默的神圣
让我的浮躁，我的思绪和言行

我的口号
以及我未萌芽的爱情
我有些虚张声势的呐喊
在它面前感到卑微和惭愧

这株小草应该是我的一个兄弟
在我家族里总爱默默无言
他仰头注视着我的眼睛
告诉我纯真和美好
是可以用芸芸来形容的

光芒

（组诗）

张佳羽

历史的光芒

历史，一本珍贵的相册
打开来，一页页翻阅
浪拍石礁白
电击云层裂
黑暗中的迷茫
探索中的曲折
守旧者的恐惧
开拓者的拼搏

一头欲搬走欺压的巨石
一头欲垫高剥削的台阶
进步与落后
两种势力的对决
最终天空放亮
四处高歌响彻
剪却困窘和愚昧
锄除贪渎与骄侈
回味奋斗的艰辛
享受胜利的喜悦
留下错综复杂的故事
任后人评说

精神的光芒

一群革命者
把头颅别在腰间
冲向陈腐的制度
喊破禁锢的阴天
他们用血点燃红旗
用生命起爆勇敢
用良心承受使命
用忠诚书写无憾
舍却个人的一切

换回大众的温暖
抛弃小家的优裕
拯救国家于危难
倒下宗族的传承
扶起民族的尊严
在势力很微弱时
坚信光明就在前面
在斗争处于低潮时
不改必胜的信念
在风雨飘摇时
胸中依旧升腾着火焰
最后
果然星火燎原
把鲜艳的五星红旗
插遍祖国的河山

理想的光芒

月亮的传说
被人类不停改写
每一次故事新编
都闪烁着世纪的光泽
人们追求破解谜底的梦
是那样迫切和强烈

理想以神话的角色
畅销在岁月的长河
当火箭以完美的加速度
把高不可攀的神话打破
理想，正式以科学的名义
追上天空，慰问嫦娥
我们，正式以主人的抱负
进入环月轨道，实施探索
今天，正式以进步的标志
昭告全球，列席史册
你能说远大的理想
就只能是神话一样的传说？
不！当一代一代付出忠勇
我们就必然尝到圣果
从仰视到俯瞰
从环绕到登月
从考察到开发
从寻梦到收获

希望的光芒

现实是错综复杂的网
网住迷乱的眼
现实是喜怒哀乐的琴

弹出心的呐喊
现实是虚实变幻的景
风云催生着明暗
现实始终窝藏着希望
只是消极者看不见
有希望的帆
就有远行的航船
有顶起风浪的桅杆
就有迎接成功的对岸
你看你看
那波光一闪一闪
荡漾着谁的故事
向海面无穷扩散

第五部分

幸福着你的幸福

天上的某颗星便是外公明澈的眼，在那些繁星中熠熠发光，他正看着我。夜愈深，繁星愈明，偶尔拂过一丝充满凉意的风。星空下的点点滴滴，终于化作漫天飞舞的祝福。随风缓缓飘离，我对着星空默默祈祷——外公，彼岸的幸福。

——明忠倩《彼岸的幸福》

梦想、坚持、超越

王红梅

窗外的小雨缠绵地下着，敲打着坚硬的地面，看到这情景，我不禁有些陶醉。当梦想这位导师再次出现在我的考卷上，神秘地问我，它需要什么？我的回答并不睿智，但是却充满了理性。

梦想需要坚持。

翻开历史的卷轴，踏入了古人的世界。一位愁容满面的男子向我走来。“问君能有几多愁？恰似一江春水向东流。”他的浅唱低吟，不禁让我有几分哀伤。他就是李煜。“国家灭亡了，你难过吗？”我问道。“何止难过！全都怪我啊！敌军攻城前夜，我以为王气在我这里，便疏忽了国家的治理……”说罢，他怅然离开。如今，他的江山不在，龙椅不在，朱颜不在，是因为没有坚持，铸就了如今的叹息。

合上书，我不仅仅感受了李煜的郁闷忧伤。让我感触更深的还是他那一番话。梦想需要坚持，这话一点不错。

坚持是火，正在燃烧的火；

坚持是风，正在弄舞的风；

坚持是诗，正被书写的诗；

坚持像火一般，描绘了梦想之路沿途的风光。

坚持自己的梦想，因为梦想需要坚持来实现。慢慢人生路，不如意者十有八九。怨天尤人，无济于事。只有在拼搏过程中，不断坚持，不断进取，不断超越，才能让我们的人生道路更加宽阔，才能让我们的生命更加美丽、绚烂。

彼岸的幸福

明忠倩

夜凉了，我抬头望着星空，点点繁星缀在深蓝色的幕布上，像是一颗颗发光的宝石。

总喜欢独自一个人漫步在晴朗的星空下，边走边瞩目欣赏星空的繁华、朦胧，星无规则地排列、闪烁，总会使我认为那也许是死去的亲人在天空看着我们。

“姐姐！让一下……”这时身后传来一个小女孩急促的喊声，我回头一看，被这一幕惊呆了，一个五六岁的小女孩站在滑板上，刹不住车，直冲我来。我赶紧让开她，可是这也太危险了，到我身边时，刚好被一颗石子给绊住了，我连忙上前拉住她，两人一同滚到了草地上，还好没有摔伤，“荣荣……我的小祖宗，你没事吧！你要吓死外公”，小女孩立刻站了起来，跑向了那个老人身边，抱着老人哇哇地大哭了起来。我抬头仰望着星空，想起了我的外公。

外公离开我们有十年了，小时候的我也是这样的调皮，但外公很疼我，就像宝贝似的，担心我受一点伤害，外公个子不高，很勤劳、很消瘦，身体不是很好，他每天早出晚归地去干活，却从来没有抱怨过。

外公总是教育我“人与人之间，原存着许多隔膜与怀疑，唯有理解是化隔膜为知己，释怀疑为良友的桥梁；彼此理解的越多，也就越容易加速友谊的进展”。现在我更加能理解外公的教导，这将让我受益一生，外公！孙女明白了，知道该怎么做了，谢谢您！

外公是一个很有爱心的老人，他总是这样告诉我，“爱在左，情在右，将这一径长途点缀得花香弥漫，使穿枝拂叶的人，踏着荆棘，不觉得痛苦，有泪可落，也不是悲凉”，外公！我刚才才真正懂得了这句话，外公谢谢您！让我明白了，帮助别人，快乐自己。

外公就这样永远地离开了我们，再也不会为我买糖吃了，再也不会为我讲故事了，再也不会开导我了，再也不会为我擦去眼角的泪水然后对我说：“孩子！哭了就不漂亮了，别哭，不然外公走了，不要你了。”外公，我不哭，我很坚强，我知道外公的孙女是不可以轻易流泪的，外公您还会走吗？还会要我吗？一滴滚烫的泪珠还是从眼眶夺眶而出，这次外公真的走了。外公我好想你。

古人喜欢把无尽的思念寄于明月，我却愿把这些美好的祝愿托付给璀璨的群星，把自己所有的思念与祝福带给天堂的外公。我始终相信，有一个天蓝色的彼岸，一个充满快乐与幸福的地方；也始终相信，外公会在天蓝的彼岸里安宁。也许，天上的某颗星便是外公明澈的眼，在那些繁星中熠熠发光，他正看着我。夜愈深，繁星愈明，偶尔拂过一丝充满凉意的风。星空下的点点滴滴，终于化作漫天飞舞的祝福。随风缓缓飘离，我对着星空默默祈祷——外公，彼岸的幸福。

谁再给我讲棋如人生

高　丹

“马走日，相（象）走田，炮打隔山（子），车走‘一溜烟’，兵卒只能行一步，过河横走进向前。”

又一次不自觉地念起了这首烂熟于心的棋谣，已不记得在这之前有多少个场合，它们像现在这样被毫无预兆地脱口而出。

我对此事的解释是，太熟了，或是因为它和某些重要的记忆生长在一起。

一旦念出口，紧随而至的就是覆盖脑海的爷爷的音容笑貌，尤其是热天里，他身着溻了汗的白背心，得意地喊出一声（照）将，手起棋落。

那时暑假爷爷被接来我家住，爸见他闲极无聊，偶有发呆出神，就半开玩笑半正经地让我学象棋，和爷爷对弈，开辟一条让他乐呵点的途径，虽然只是建议，我却在众人惊讶的眼神中接纳了。

如果不是因为爷爷，我可能一辈子不去碰象棋这种东西。我一直觉得，它似乎和男孩子喜动喜胜的性格更搭配些，如果说当初我对象棋是被动接触，现在对它，是真的颇有点钟情了，甚至有时候能在爷的诱导下从作战中提炼一些思想碎片，关于做人处事，总之是人生方面。

爷爷的棋技可圈可点，毕竟他和象棋的交情年头都大于我的年龄。开始和他对弈，我从不奢望赢他，像我这样的初学者，时常犯规或出谬招，有时因悔棋漉漉地生气。但是爷爷说，以棋会友，乐在其中。它虽是取材自古代战争，两阵对圆，争斗激越，却毕竟是游戏。倘是实地作战，那可真需审时度势，步步谨慎。

就如在生活里，机会面前，每个人都应敢于争先，当仁不让，争夺对局中的主动权应是象棋对局的中心意识，所谓“宁舍一子，不舍一先”。如果能先发制人，使对方棋子被迫跟随，自己已占据了莫大的优势。但是若没有深厚的知识、策略、经验打底，一切都是妄谈。尽管后来开局时爷爷都是让我先出招，进行的过程中，我的棋仍是浑然不觉地被爷爷的棋牵制。

所有棋子中，最居安乐地位的当属九宫城里的将（帅）。它们是最高领袖，根本不必出战，已有其他全部棋子拼尽性命来保护。爷爷说出这一番话时，我对此还颇有情绪，想战争里最该冲锋上阵作为表率的就是头领，如今在棋盘上却只求自保。也许有时候人们（包括我），都会像这些看似傻傻、地位居次的棋子，或者出于责任使命，或者纯粹是心甘情愿，拼其所有抗争，为的竟还是别的人或事。

其实，（将）帅的寂寞也不轻，它们终场只限在九宫城里活动，仅能凭栏遥望天边和那无法触及的楚河一线，也许这就是拥有至高权力者的悲哀了。

每个棋子出动时并不是随心所欲，而是被界定了一些行棋步法的。譬如，士（仕）在九宫城内只能斜行，不能平移，又如相

（象）只限在己方区域内（界河一侧）活动不许过河。我时常因忘了步法而咒骂规矩。爷爷却总是眯眼笑着，对我说：“规矩是少不得的，若非这样，身份、职能、威力混淆的棋子，战斗力势必跌减。人无论走到哪里，也注定走不出‘规矩’二字。”

然而，行棋步法不是一成不变的，如兵（卒）在没有过河界时，只能向前走，过河后行动的方向增加到三个，向前、向左、向右，但是始终不准后退。当我们向着一个既定的目标前进时，不可避免地要受外界因素阻挠，我们的行动是被压制的、艰难的、迂缓的。一旦小有所成，不利的因素随之减退，重登征途时也必灵便随意得多。当然爷爷也告诉我一个奉守不渝的信条，那就是不放弃，继续走。棋规定为不准后退，现实中也许没有人逼你不得回头、停止，那时就是命运考验我们意志力的时候了，它仅仅支配我们的一半行为，而另一半则留给我们自己。

开局时，炮的威力不容小看，通常可以战胜空间之远的缺陷，“隔子发炮”；至于“残局马盛炮还家”，则是说马在中、残局阶段颇有力量，因而，善于忖度形势，斟酌利弊，以用智为首，辅之以实际应变，才不会留下般般种种的遗恨。

车（居）是最强大的棋子，能一连控制十七个点，有“一车十子寒”之称。这种地位是与生俱来的，让它子歆羡，但往往本领还未施展，一不留神，被小兵、小卒或一只马给吃掉，可悲也已矣！

输棋的次数虽渐多，胜利的欲望也随之强烈。北宋大文豪苏东坡说：“胜固可喜，败亦欣然。”我欣然了，也恨自己棋艺不精。

从前爱怪爷爷不让我，比方允许我悔一着棋云云。如今转念，慈爱如他，未必只是想借此提拔我的棋技，磨炼我的脾性耐心，未必期待他的孙女凭真本事赢他的那一天。这一切分明是爷爷的意图，只是即使后来他去了那个不可能回来的地方，我依旧是那个被他叫作“小笨”的手下败将。

那个暑假，当我和他的最后一盘棋走完，我清楚自己的人生观有了良好的蜕变。之后些年，极少去看他，不清楚他的身体却也日渐糟糕。

也许爷爷风风光光地下完了他人生的一盘棋，然而我的心里却永远有了一个堵不上而存在着的漏风的缺口。

寻找梧桐树

吴　畏

盛放之年，风声泛起层叠的波浪。拂动着内心那颗久久不能平息的心。仰望阳光，却被那棵老老的大树遮掩得只剩斑驳的倩影。而我是从那个让我思念的老人口中知道它原来叫梧桐。

还记得小时候，外婆总喜欢带着我们到梧桐树下乘凉。夏天的风暖暖地撩动着心弦，而外婆则会用她那浓浓的爱将我们包起来。物极必反。当爱过于溢时，我们便会挣脱，努力着，挣扎着，终于逃出了那个包围圈，但随之而来的却是疼痛。有一天，趁外婆外出赶集，我和表哥便架着梯子，上树去了，登高则望远，感觉就是不一样，总感觉有种高高在上的王者之风，时不时还可以用小石子偷袭别人，好似世界无敌般。但由于乐得过头，所以一脚踏空了，表哥也“嘭”的一声掉下去了，而我却只能看在眼里，急在心里，想找回梯子却发现它早已躺在地上，我急得直叫表哥别哭。终于看到了曙光——外婆回来了。外婆看到这一切，慌忙跑过来抱着表哥看了看伤口，令人奇怪的是，外婆并没有把表哥送往医院，而是让表哥一个人继续留在那儿，这时表哥便哭得更大声了。“有本事再上去啊！男子汉大丈夫还怕这点疼吗？”外婆边拿药边喷边说，表哥却渐息渐停地不哭了。而这一切，那个在树上吓得发抖的我却历历在目。现在想起，其实那时的外婆心里一定在滴血，只是不愿让我们看见罢了！而现在的我们也可以对外婆保证：外婆！我长大了，不会再怕疼，会坚持而上！

墙壁上的老挂钟依旧在摆着，空气中还弥漫着外婆当年酿的豆瓣酱的香味，拿起黑白照片，开始想象外婆逝去的模样。夏至之末，秋风习习，窗外的梧桐叶飘落得满院子都是，黄黄的，一大片，踩上去会有窸窸窣窣的声响，仿佛在诉说着逝去的人和物，只留悲伤。篱笆外的狗尾巴草随风摇曳着身姿，是与人在告别吗？可惜外婆用红线将狗尾巴草裹成的戒指，我们却早已把它丢失了。突然发现时间好急促，刚才的我与现在的我之间竟已流逝一个夏天的思念。抚摸着梧桐树，抬头再望阳光，才发现原来风吹过之后，太阳会洒落身间。即使是夕阳，却显得金黄，尽管外婆已经逝去，像梧桐的叶儿。但她从未离开过我们，因为梧桐还在，思念还在，即便有一天梧桐老去，对外婆的思念却仍在继续，永无止境。

现在的我们每当想起外婆便会回到老家，抬头望着从树叶透过的天空，微笑着默念外婆教我们的话语，向外婆保证，我长大了，不会再怕疼，会坚持而上。

也不知从何时起，我知道了原来梧桐树也叫相思树。

那些逝去的勇气

郭雁真

算算已经半年没有回奶奶家了。其实从我家到奶奶家不过一个小时的车程，可是我却在这半年中找了无数次借口去逃避这一小时的车程。可是无论多么完美的借口都掩盖不了那个最真实的理由，我已经没有勇气再踏入那个家门，那个收藏了我无数童年美好回忆的老院。

没错，从爷爷走后，我的勇气也被他带走了。我没有勇气去回顾曾经的快乐，没有勇气待在那个清冷的老房子中，没有勇气去看走过的日子。记得小时候最快乐的事情不是去吃KFC，不是去游乐场玩过山车，也不是爸爸妈妈买很漂亮的芭比娃娃给我。而是爷爷拉着我的手回老家，去吃奶奶做的并不美味的但充满爱的早饭，去小河边听蛙虫重奏，去麦田盼望小麦苗快快长大，去小卖部买五角钱的冰块和姐姐抢着吃。在我的脚踏入奶奶家门的一瞬间，压在心底的往事全部涌入脑海。还是那个破旧的老房子，但笑声已不在，爷爷已不在。只有冰冷的空气拍打着我的脸。虽然穿着厚厚的羽绒服，我还是忍不住打了个寒颤。

爷爷是个花匠，以前村里谁家的花快死了就送给爷爷养，我一直认为爷爷有双神奇的手，那些蔫了的花在爷爷手中不出半个月就能起死回生。以前的院子里总种满了花花草草，还有一颗大枣树，爷爷总会拿个竹竿给我打红红的大枣；还有一棵山楂树，不过爷爷在世时它未结一个果子。院子里还有好多蔬菜。可现在半院的花在奶奶手里已经死了一大半，只剩几株不知名的花耷拉着脑袋。奶奶也向我诉苦，手上已经裂了大大小小几十个口子。记得以前爷爷什么也不让奶奶做，奶奶最多也就做做饭，给兔子割点草。奶奶嫁给爷爷几十年手从未裂过，可现在用再多再名贵的护手霜也没什么用了。

走进老屋，屋里没什么变化，只是少了一丝温暖。暗暗的光线，满屋都是我和爷爷亲手贴的报纸。还有几张颠倒的，那一定是奶奶干的。奶奶不识字，只会写自己的名字。爷爷有一张苍老却不失帅气的脸，虽然不是什么高材生，但写得一手好字，多才多艺。看着满墙的回忆，现在只能用手来感觉曾有的温度。走进储藏室，看着一个个落满灰尘的箱子，打开是同样堆满灰尘的爷爷的衣服。抬头，发现了墙角的大瓮，想起了爷爷奶奶唯一一次吵架。那唯一的一次他们吵得很凶，可原因只是为瓮的位置摆放。爷爷还很生气地将一个大瓮打碎了，砰的一声，就如我现在的心情，碎了。那也是我第一次看爷爷哭，像一个受了很大委屈的小孩一样趴在床上。奶奶也像做错了事的小孩在床边劝爷爷。那是我第一次知道每天笑呵呵的爷爷心里也很苦。屋中的每一件物品都仿佛在向我诉说着什么。我知道，它们一定在说它们也很想爷爷。

进入偏房，看到爷爷遗像的第一眼，我再也忍不住眼泪。爷爷生病的一幕幕如潮水向我涌来。那张黑瘦的脸，只剩皮包骨头的全身，那难受却故作坚强的笑容。明明很想我，可却害怕我见到他难受的哭。在爷爷生命的最后两个月，他没有要求我去看过他，即使去了，他也拒绝见我。我知道，他不想让我担心，不想让我难过。直到他走的那一秒钟，我都没见到他。他走的时候我不在他身边，可我在上课时心却像漏跳了一拍，同桌问我怎么了，却看见我的泪水不自觉地流下来。中午妈妈用电话通知了我这个噩耗。那天天很晴，风吹在身上很舒服，可我却像掉入了万丈深渊。我不知道那天是怎么回的老家，只记得门口挂的白灯笼和屋中身体已经冷掉的爷爷。可他还在笑，就算他走了，他也要告诉我要坚强不要哭。爷爷是因为胃穿孔造成胃癌而离开我们的。我恨他的主治医生，是他信心满满地告诉我们只要做个手术就没关系的。可爷爷还是离开了我们。我根本无法想象在阴历十月份爷爷还要吃凉得刺骨的食物来缓解胃的灼烧感。真的无法想象最后一个月爷爷已经完全无法进食。爸爸买的草药爷爷吃一口吐一口……

2010年已经是爷爷走的第六个年头了，在这期间我回老家不超过十五次。其实想想挺对不起奶奶的，可我真的没有勇气去面对眼前的老屋。老爸曾多次提议说要扒了老屋重建，因为全村仅剩下几间土屋了。可我说什么也不同意。因为我害怕如果老屋没了，那就什么也没了，那我连回忆的资格也没了。现在即使爷爷离开了我们，可老屋就是他存在的证据，我害怕如果老屋被扒了，爷爷就真真正正地离开了我们，那我就真的什么都没了。至少现在我还可以感受他曾经的呼吸，至少我还残留些勇气去回忆曾经，还有勇气踏进老屋。如果真的盖了新房，那我的最后一丝勇气也会随着老屋的消失而消失。

爷爷，我舍不得，舍不得我们曾有过的欢声笑语，可惜时间已经回不去了。我想你，我爱你!

老 爸

孙 宁

在我幼时记忆中，若老妈是那种提着棍子的母夜叉，那老爸就是及时把我从母夜叉手中救走的英雄。迫于如此的家庭教育，我从小就喜欢和老爸黏在一起，但我和老爸终在我升入高中后分开了，我为了学业不能时时回家，因为学校离家很远，我很长时间才能见到父母一次。所以我和父母唯一的联系就是那一个小小的电话。我每次打电话打的都是母亲的手机，却总在结束时问上那么一句："妈，老爸在不在？"老爸接起电话后，我们所能讨论的话题却少之又少，往往就是"多穿衣，小心感冒"那么几句话，可我和父亲每通电话都在重复的话语却从来没让我觉得厌烦过，反而总会有一次比一次更深的情，更深的爱。

每次月假回家我基本上是坐客车，我这个人没有什么方向感，就算在生活了那么多年的小城镇，我有时也会找不到回家的路。父亲总会很准时地在站台上等着我。我坐在客车上远远地就看见了他的身影，他总是站在客车站最显眼的地方，看着一张张进站的客车，生怕就在自己眨眼间便错过了我似的。他看到我了，便会咧着大大的笑容向我走来，帮我提起所有的东西，还腾出自己的一只手紧紧握着我，我握着他大而温暖的手，仿佛就看到了回家的方向。我曾经也不知老爸为何总会腾出一只手牵我回家，后来老爸告诉我他怕我在那么拥挤的车站和他走散了，又怕我坐车坐久了会不舒服，所以他总会腾出手牵着我。老妈悄悄地对我说过老爸总是会提前半小时到车站去等我，他告诉老妈若是我的车早到了却不见他，而他不放心我独自一人站在那么拥挤的人潮中，又担心我会迷路，所以提前半小时去，他也会放心一些。

可我从来没让老爸省心过，中考失利后也没能让我吸取一丝教训，因为高一的不努力，造就了自己最终离开我所喜欢的理科，老爸在不断权衡利弊后让我改读了文科。老爸在我面前总是微笑的，往往在我失败过后我就觉得他就是我心中那缕温暖的阳光。老爸身体不舒服时，他总是强忍着，不对我露出一点蛛丝马迹，而我在学校生病时，却总是弄得人尽皆知，搞得老爸为我惊慌失措，弄得他自己也吃不好睡不好。

我突然觉得自己是那么无知，我从来不对别人吐露自己有一个原本值得骄傲的父亲，我也没有在父亲身心疲惫的时候说过一句："爸爸，你辛苦了！"我不知道父亲的生日，却总是在我生日时心安理得地接受父亲送来的祝福，递过来的礼物。我曾想老爸的爱犹如静水深流不汹涌，亦不澎湃，却在浩瀚而蔚蓝的沉静中，让其感受它的宽广与深度，亦如精卫填海般细小而频繁，却在不知不觉中慢慢占据我的心潮。

老爸把爱都寓于平淡而琐碎的日子里，亦是生活中那些温暖的微风，平凡却总能吹乱一池平静春水，吹进心中那片永恒而沉静的深沉。若是可以，我愿用无数繁华的刹那换取这一点平淡和琐碎，我愿用下世的富贵换取与老爸偕手相拥的今生！

深深的爱

杨丹娥

爱是温暖，爱是呵护，爱是包容，爱是给予和被给予……

——题记

夜未央，待秋。

小时候，总会和外婆在海边，外婆补渔网，而我总在摆弄着那些奇形怪状的石头，外婆忙得不可开交，而我玩得不亦乐乎！夏天的夜黑得不够深沉，傍晚将至，仍灯火通明，天空的红霞连成一片，渲染着整个大地，海水拍击着岸边的礁石，泛起白色的浪花，那年，外婆年满六旬，而我，是一个被她呵护着的小丫头，她的呵护总会让我的心暖暖的，甜甜的。

外婆总希望秋天快点到来，她说秋天大丰收，我就会有果子吃。她说这句话的时候，脸上总洋溢着无比的幸福，耳畔的银发闪闪发光，额角的皱纹懒懒地横躺着，犹如一条不知方向的小河，静静地流淌着。外婆是老了，可是她依旧那样勤勤恳恳，精神倍佳，总会在黑夜将至的时候与我坐在厅堂外，数着繁星，说着秋天的故事。我天真地认定，这是外婆给我的承诺，我也相信，秋天一定会丰收，而我会如愿以偿。所以，这个夏天，我很满足，因为有外婆的呵护。

夜深沉，续夏。

外婆走了，没有留下任何一句话，甚至没有兑现诺言，没有等到秋天的到来，就这样静静地离开了。

送走外婆的那晚，我独自一人来到海边。那里，少了外婆补网的身影，只有几艘废弃的渔船；天边没有了红霞，只有几块乌云挤压着死灰般的天空，海水咆哮着，无情地拍打岸边。

我静静地看着这一切，没有哭，没有闹，成长让一个人变得很理智。我在这样格格不入的情况下拾捡我和外婆的岁月，将它们收在心中，以此来奠念我的外婆。今晚的夜黑得好快，天空没有星星，没有东西可以指示我，照亮我，如果那个夏天可以长久一点儿，如果我可以多陪伴外婆一天，是否，那个未被兑现的诺言就会实现，就会等到秋天，可是，没有，外婆还是离开了。

外婆是爱我的，用她的双手温暖过我，给过我童年最美好的回忆。春天的时候，会给我买我最爱喝的红毛丹；夏天的时候，会带我去捉小鱼，小虾；冬天的时候，会焐热我冰冷的双手双脚。

唯独欠了我秋天的一个承诺，即使这样，也中矣！

外婆走好，我会记得您的样子，会记得您给过我深深的爱。

外婆啊！我亲爱的外婆

周柏志

我的外婆今年已经七十六岁了，头上全都是“银丝”，满口假牙，一脸的皱纹，恰恰就是这样的形象才突出她的慈祥。身体还算硬朗，什么活都能或多或少地做一点儿。

在我即将背井离乡到外地上学之前，外婆可是为我花尽了心思。生怕我在这边过不好，怕我吃不饱就给我准备了一大堆吃的；怕我着凉便日夜赶工地给我织了几件毛衣；怕我生病便给我准备了一大箱子的药；还爬到云龙山山顶的伏龙寺给我求了道平安符，可以说什么方面她都为我想到了。这让我感受到了无限的幸福和温暖，心中充满了感激。

我临走的前一天，外婆杀了只鸡炖了，说我身体单薄，易生病，出门在外家人又不在身边，所以特地给我补补身子。外公生前种了几棵柿子树，不知怎么今年结得果实特别多，又特别甜脆；就在那天晚上八点多，外婆敲响了我家的门，打开门我惊讶地看见外婆一头汗水，气喘吁吁地站在我家门口，手里还提了一大袋柿子，说我们学校离城远，给我带到学校去吃。我见了泪水在眼眶里直打转，但还是忍住了。那一晚我把外婆留了下来，这么晚了我也不放心她一个人回去。在睡觉时，我看了一眼外婆，她的嘴角露出了一丝微笑，可我却怎么也高兴不起来，一夜无眠。

第二天一早，我准备好后就去了车站，外婆也一起去了。上车前，外婆又把她所谓的“注意事项”从头至尾地说了一遍，我很耐心地在听，因为我知道她是为了我好。上了车我一直在向外婆招手，她看着我远去一言不发，我也眼看着外婆离我越来越远，直到看不见。突然从车后传来一声“记得常打电话回来”，我笑了。

在车上，我的心情一直很压抑，我想如果哪天外婆离我而去，那该怎么办？在我的生活中岂不是又缺少了一件万分珍贵的东西！外婆啊！我亲爱的外婆！下辈子我还做你的外孙。

你是我的亲人

李正梅

我想我不适合用伟大而又精美的语言来赞美你，因为在许多人眼中，您是一个很平凡的人。

不惑之年的你，没有什么身份地位，也没有可观的收入，就连一栋像样的房子也没有。于是，在人们看来，你是一个平凡到了极点甚至有点碌碌无为的人。

岁月的车轮驶过，没有留下任何痕迹。但有些事却永远地定格在了我的心中。这些事如警钟般时时震响我的心灵，它们告诉我，你是不平凡的。

我仍然记得你第一次鼓励我的情景，那是我读二年级的时候。第一次考了全班第一的我兴高采烈地拿着奖状回家，你看后，笑着对我说以后每考一次第一，就煮鸡肉给我吃。那时，我并不知道那就是鼓励，我只是想，鸡肉不是经常能吃到的，你的笑容也不是经常能看的。但他们都是我所喜欢和渴望的。我也想，您与其他人的父亲是不一样的。因为您没有带着我到处炫耀；你也没有对我的成绩不闻不问；您也没有把我当作宝贝似的看待……父亲，也许您已经不记得了，但我要告诉您，正是因为这些事，我才懂得做人不能太张扬，我才明白自己的快乐也可以与人一起分享。父亲，这不会让我觉得您是平凡的。

我也还记得我和姐姐因为争夺一把母亲用省吃俭用的钱买的伞在大街上吵闹起来而被你罚跪的事情。你说，这新伞你俩谁也不准用，于是直到现在它都被挂在墙上。您亲自修了两把伞给我和姐姐，因为在您的眼中，我们都是你的女儿，您不会像有的家长一样去偏爱一个孩子。于是在我们眼里，您是一个公正而又严慈的父亲。那时我也想过，您为什么不再买一把新伞，而是要我们向母亲认错和自我反思呢？后来，我想明白了，因为您与别人是不一样的，您要让我们养成谦让和自尊的品德。

我也清楚记得，夜幕四合之际，您还在扛着大箱货物，只为了得到微薄的报酬。因为我上了高中，开支骤升起来，而您对这些却只字未提。因为太过卖力，您的腰上落下了疾，只要一用力就会疼痛起来，甚至有些时候连路都走不动了。我就想，如果您一直好不了怎么办，那么我想这一辈子，我都会内疚的。但你在我们面前表现得很坚强，只要还能支撑您就会去干活，因为您说我们母亲太辛苦了。您告诉我，不要有心理负担，在学校想吃什么就买，不要委屈自己，也不要考虑家庭经济状况怎么样。您还告诉我，身体是最重要的，一定要注意健康，学习是其次的。父亲，我会永远记住的，在您生病的时候，您还不忘关心我。我想您是坚韧的，如青松一般。因为您没有抱怨生命的不公，也没有情绪低落，相反您告诉我们，人总有旦夕祸福，看开一点就没什么了。我想，也只有青松才能做到在怪石嶙峋的悬崖上还能四季常青。我认为这不是一个平凡的人在那种情况下能够做到的。

父亲，我想正是因为您平凡的身上透出的不平凡的爱，才使我更好地理解了成长的意义。它使我懂得了为人的基本品质，也教会了我面对困难时的坚强和不如意的豁达。

虽然世俗人眼中您是极其平凡的，但是岁月的车轮却把您的种种不平凡深深地印在了我的心中，这一切都会让我终身受益。

第六部分

守望月光下的你

在我眼中，莲花是圣洁的，故乡也是圣洁的，她乃是万千游子灵魂的归宿。我想池内的那一朵朵莲花，该是故去的游子的灵魂幻化成的吧！他们把对故乡的爱化成美丽的今生，献给了让他们魂牵梦萦的故乡。

——周志伟《静夜思乡》

祠堂

习修鹏

无论何时，无论何地，记忆的绳索总是牵引着天涯游子辐射乡愁的磁场。随着轻柔的和风可以听见一位老人在呼唤我的乳名，随着淡淡的月光可以寻觅到故乡的小祠堂。

我不知道祠堂的历史有多长，我只知道它早已淡褪了门拓的朱红，石狮子的眼睛早已被岁月悄悄挖去，石碑上祖辈的名字早已被风雨吞噬。祖父曾对我说过，祠堂是一位满腹经纶的老人，祠堂是一本载满我们姓氏文化的史书。直到现在，我终于明白，这就是祖父心中的祠堂，也是我心中的祠堂。我深爱着祖父，也深爱着祠堂。

儿时，我和邻家的玩伴一起躲在佛像之后，分享从田野偷来的蜜桃。会使出吃的力奶气拔起周围的灯芯草，扔在长满苔藓的瓦片上；会从墙上掰下黑漆漆的泥块，在石柱上、石碑上、石梯上歪歪斜斜地写下我们的名字。下雨的时候，我们在屋檐下站成一排仰着头，让圣洁的雨水将我们脸上的污垢洗去。这一切我统统记得，我清楚地记得，还有那一炷炷香的气息，阵阵鞭炮声响和焚烧纸钱的火光。

祖父拾起长满翡翠铜绿的子弹壳，指着那一排显赫的名字：“这是他们的躯体在验证不朽的灵魂。”集体生产时，祠堂是人们的大饭堂。祖父说他现在都忘不掉自己有多少工分和那一碗碗青菜汤。而多年以来，我始终洗却不掉我的乡音，别人说那是因为故乡的山山水水养育了我。我知道了，我将童年遗失在祠堂历史的尘埃里。

祠堂竹篾泥墙上的眼睛始终守望着远处的田野，田野里的祖父托起沉重的犁，鞭策着一生永不迷失的老黄牛将巴山的历史一页一页翻阅，然后举起锄头将一个个美丽的传说敲碎。秋风为田野染上一片金色，这是祖父的收获，也正是祠堂的收获。

十五年前，祖父捧一捧祠堂的泥土，今天已抚育成我富有色调的梦想。又是一个落叶飘飞的季节，在巴河新的生命乐章的伴随下，在祖父的期盼下，在祠堂的期盼下，我回到久违的故乡。

昏暗灯光下，祖父用那双布满血丝的眼睛在我身上端详，手上的老茧像祠堂里的油灯尽情释放生活的光芒。祖父对我说：“没变、没变，只是高了许多。”祖父一身的泥土芳香让我沉醉，看着他如弓的身躯，我黯然泪下，祖父老了，祠堂更老了。

家乡的那棵老榕树

陈淑勋

天蓝蓝，春草香。柳絮飞时，燕子来了。一切都似乎在我耳边呢喃：春天来了！

撑着伞，拔开如丝细雨，徜徉在家乡的田间小路。雨打在地上，地缝间散发出一阵阵泥土香味儿，溅起的一丝丝的涟漪刚好掀起了我童年记忆的幕帘儿。想起我们打泥水仗的豆蔻年华，想起我们浮想联翩的梦儿，还有，那一刹那的眷恋。

家门前是一块空旷的地。由于没人去打理，早已杂草丛生了。一大清早起来发现，多了几排树苗。从此以后，在这片土地上活动的人们渐渐多了起来。有邻居在这儿种地；有小孩在这儿玩躲猫猫；也有的在这儿放风筝的。连我也习惯了每天起来第一件事就是跑到阳台上，吸吸新鲜空气，伸伸懒腰。

这样的日子持续了不久，便要结束了！

一天早上，我习惯性地走到阳台上。揉了揉眼睛：怎么树儿都没有了呢？剩下的只是一个个被挖去树的土坑，显得一片死寂。放学回家的时候，看见有几个民工在家里的空地上搭起了简陋的房子，只是用帆布盖在房顶。听村里的老人家说，这块地皮被城里的一个富豪买下了，而且马上要就修建房子了。不知道为什么，总觉得有点什么憋在心里的，又说不出来。可能就是一时之间不习惯吧！此去经年，周遭宁静的弄堂便要被那喧嚣的机器声打破了。在“高山”的阻挡下，花儿黯然失色。原来蜗居在树上的小鸟也早已不知去向了。

我暗暗地为这些生灵感到难过，也在为这变化略感不快。这几年，城镇发展飞快。一座座高楼大厦一夜之间耸起，穿梭其间，也让人产生一种恐惧感。今天，东边的楼房挡住了我看日出的视线；明天，西边楼宇抹杀了那一道道残阳。那广阔的田野，也成了微缩的景观。

当我还郁郁寡欢的时候，惊奇地发现：那一棵老榕树还在！望着它的躯干，想起爷爷讲故事的情形。小的时候，爷爷经常领着我，坐在老榕树下，说点儿小故事。里面的蛇神牛鬼都显得特别可爱。爷爷好像跟我提过，他很小的时候就看见那棵榕树了。爷爷那肃然起敬的样子，我依稀记得！有一回，我们爷孙俩坐在树下乘凉，碰上村里有个老人出殡。当时爷爷让我转过脸，说着什么小孩子看到这些不吉利。爷爷一脸沧桑，皱纹、老年斑爬上他的脸上。爷爷的眼珠显得有点儿混沌。当时还小，也没觉察到什么。

从那天以后，爷爷就很少带我去玩了，话也少说了。他时常对我说一些我很难懂的话，有一次他却说了几句让我现在还记得的话：人生啊！只不过是一次单程旅游，错过了，就没有了。即便一路上有点儿颠簸，也不要忘记你不是为了到达目的地而上车的。沿途也会有风光的呀！爷爷语重心长地说了一大堆，并不时望着远方，叹气。不久以后，爷爷离开我们了。

上幼儿园了，我每天都和哥哥走这条路。有时会转过头望望，觉得爷爷会在那个角落对着我笑。放学了我们肯定在榕树下玩玩游戏，直到奶奶扯着嗓子使劲拉我们才愿离开。有一个夏夜，雨下得特别大，早上上学的时候发现不少的树都折腰低头了。唯独那棵老榕树，岿然不动。从那时起，我就已经开始迷恋老榕树了。

老榕树，几十年来，你一直默默无闻在站着，站着。面对历史的兴衰，时代的变迁，你无言无语。今天你依然和我们风雨同路!

一阵风吹过，叶子沙沙作响。我仿佛听见爷爷亲切地叫起我的乳名。

江水东流，夕阳西下。夜幕降临了，雨淅淅沥沥地下，那人，踩着石青路消失在街的尽头。五月芳菲，又是一个春暖花开之日。我把对你的眷恋折叠在信笺中，却涨鼓得如此沉重。因为啊，里面溢满我对你的留恋与眷恋啊——我的家乡。多少回，我又想回到我梦里依稀的家乡，我眷念着家乡的土地，思念着家乡的亲情!

守望月光下的你

刘　松

漫长的路上，有了你，月光下的身影不再孤单……

——题记

“……别等到一千年以后，所有人都遗忘了我，那时红色黄昏的沙漠，能有谁？揭开缠绕千年的寂寞……”歌声缓缓地在耳边响起，望着那轮皎洁的明月，你的微笑又一次浮现在我的眼前，依然那么的纯洁、无瑕。薛，你还好吗？

一

独自在月光朦胧的路上徘徊，望着路旁缓缓流过的溪水，等待着……夜的香气弥漫在空中，织成了一个柔软的网，把所有的景物都罩在里面，你梦幻般地出现了。

“来了！”

“嗯。”

听着满含深意的问候，你眨了眨眼睛，对着我笑，是那样的动人。“走吧！去老地方，这里可不属于谈天的地方哦！”我微微地点了点头，跟随着你的身后，慢慢地走着……

“怎么啦！拜托能不能快点呀！我好像从没有学过‘现速度=原速度-心情’这种物理式唉！”你依然笑着。我感受到的似乎是那淡云掠过月亮时的羞涩……你渐渐地放慢了速度，与我并肩齐行。我低着头，看着我俩被月光幻出的双双身影，好长，好长……当我抬起头时，眼神触到了你仍在微笑的目光，我竟不知所措。刹那间，我似乎想逃避，可是我不知如何逃避这含磁的目光。我只有呆呆地望着，猛然间，我感到心灵的深处被深深地触动，僵硬的嘴角微微上翘，那是甜的，不带一丝勉强，一丝苦味。你望着我，笑得更加开心，更加甜美。

“来吧！一起玩！”说话间，你笑着向远处的树林间跑去。我微笑地看着你，抛去了心中的一切碎片，踏着你的脚印追了上去。

月光洒满了树林，我俩披着银色的光华轻轻地踏在柔软无声里……那妩媚的女子是你吗？

二

片片云彩遮住了空中残月，将那微弱的月光无情地撕裂，零乱不堪。

“真的，要走吗？”我低声问到。“不想再住几天，留恋一下这里你所拥有的美好的东西吗？”那声音好微弱。

“外婆生病了，我一定要回去。再说，我也不是不回来了！”你笑着对我说。

我没有再说什么，或者是没有什么可以说的，只是微微地点了点头。抬起手腕看了一下手表，红色的指针飞快地旋转着，那耀眼的红色似乎占满了整个表盘，直直地射向我的眼睛，我慌忙垂下手，不敢再抬起头，生怕再一次看到那耀眼的红色……火车站广场上所有的热闹似乎全被屏蔽，他们声息全无，似乎是天上人间。月亮已不羞缩……

“时间快要到了，我要上车了，不然我就走不了喽！”你拿起地上的背包。

“我送你！”我慌忙说。目光不经意落到你的手上，猛然间发现你的手竟然在颤抖。这，可是夏天。我掩饰住了，将你送上了火车……

晚上八点十五分，火车启动，一片一片臃肿的云缓缓地移过，吃力地从月亮前面走过，想把月亮遮住。月亮却透过云片的空隙，倾泻下皎洁的光芒撒在火车站上。我俩相互挥动着手，你微笑着，眼里却盈动着泪光……

时光飞逝，我拉上轻似薄雾般的多重窗帘，月光终于被挡在了窗外。偶然一阵香风袭来，疑似嫦娥笑声吹落。我闭上眼睛，默念着，“薛，你还好吗？”

静夜思乡

周志伟

当我提起这支沉重的笔，就想写写故乡，故乡的人，故乡的事，故乡的气息以及故乡的一草一木……

那个生我养我的故乡，我对她确实倾注了太多太多的爱。每次回到那儿，仿佛还能听到童年遗留的笑声。那晚，我独自走在乡间的小路上，偶然间看到树影依稀，心中那根最脆弱的弦竟被悄悄拨动了。

一切仿佛又回到从前，在那萧索的荒村里，我曾有过太多的欢笑。仍记得童年时和小伙伴摸鱼捉虾的情景，夕阳西下，我们满载而归，收获了一天的快乐，晚上还非得缠着爷爷，让他讲离奇古怪的故事。童年的美好记忆就是这样深深地印在脑海里了。它如一本陈旧的书，当我掸去尘土，重新翻开时，竟对它有了新的理解和体会。它亦如一坛陈年佳酿，虽然随着时间的流逝可能被遗忘在某处角落，但它的醇香早已深入我心。

在别人眼中，我的故乡或许只是一个穷得不能再穷的小村庄，但在我心中，再繁华的城市也没有资格和她相比，她太美了，美得自然，美得清纯。在这里，突然记起初中语文老师作的一首诗："秋天来了耶！清晖洒在四方，洒在玉米地里，高粱秆上，塘内芦苇随风荡，我边走边吟，走在上学的路上。"诗大概是这样的。我很喜欢这首诗，它把故乡的秋天描绘得太悠然。闭上眼睛，想想那美景，竟让人顿生怜爱之情。这么美的故乡，我这辈子也忘不了。

时光飞逝，一晃又是一年秋叶黄，人和事都变老了，而我还身处异地，夜里不能睡在故乡的怀抱，不能听见她为我哼唱的小夜曲，我唯有枕着泪水到天明。灵魂没有归宿，叫我怎能在夜里入眠，夜深人静之时，一种苦水总会涌上心头。这些年，我总奔波于生活的网中，想摆脱它，却被它束缚得更紧了。

"祖父千秋，同祝一杯酒！"这样熟悉的声音再也听不到了，老屋后面的那个白发老人，如今还在耕耘吗？辗转许多年，时光飞逝如电，故乡竟也失去了这么多，她也有许多伤痛啊！唯一可给她安慰的，就是她不曾失去的莲花池，这是她美的精华。我乃爱莲之人，爱莲的程度可谓疯狂。在故乡的日子，我每天都会去看莲花，不论刮风下雨，从看她们开放到她们凋谢，没有间断过一天。我喜欢莲花，但我不舍得采撷她们，她们也是故乡的儿女，本质是和我一样的，我怎肯伤害她们？她们的美是人间特有的。早晨的莲花还略有几分羞涩，一到中午便会尽现她们的美丽，像一位位唐代梳妆的女子。夕阳下的莲花则像一位位静穆的女修士，她们有自己的信仰。雨中的莲花则是最美的，就像伫立在江南烟雨中的处子般清纯。我对她们的爱就如我对故乡的爱那样浓烈。

在我眼中，莲花是圣洁的，故乡也是圣洁的，她乃是万千游子灵魂的归宿。我想池内的那一朵朵莲花，该是故去的游子的灵魂幻化成的吧！他们把对故乡的爱化成美丽的今生，献给了让他们魂牵梦萦的故乡。

写到这儿，我差点儿写不下去了，泪水涌出来了！故乡，曾经我满怀深情，鼓足了勇气，脱口说出爱你，穿过了岁月的风吹雨打，声音反而日渐清晰。爱你，不仅欣赏你的一头秀发，也同样爱你随后增添的点点白银。这爱是属于我的永恒。千年不变，万古不息。爱你爱你爱你，今天仍是坚毅的口气，只不过是在说出时，多了几分游子的沧桑的深意。仁慈的故乡啊！可容得我疲惫的灵魂倚靠你。

我敢说，没有谁比我更贪婪，贪婪也没有什么不好！因为贪婪，我才想在七月看落雪后的你。我唯有把时间压缩，让爱把时间慢下来，才能留下人生那段最美的回忆，于风烛残年时再记起这份沉重的爱。

记得那金老头儿写杨过因思念相别十六年的龙儿而三天三夜不能合眼，以致一夜白头。故乡啊！你可知道，我曾有过多少夜不能寐。怕是今夜又要无眠了。

> 今夜思乡，心中凝得万千愁。无奈此时无水酒，怎消此，泪空流。欲回首，但见归路漫漫，竟无尽头。试问何处可抚心，人道是，苦水难收，苦水难收。此愁怎可消？奈何，奈何，复奈何！夜深不知居何处，拭泪痛，无人解。

因为对故乡太爱太爱，所以我舍不得离开这片土地，终于还是舍不了这份爱。人活着，精神必得有一个依靠。命中注定，我曾多次接近死神，但我不曾畏惧。怕的是灵魂找不到归宿，心中毫无着落。若真这样，还不如把躯壳留于人间，让灵魂飞升，飞到一个宁静之地。只是自己在踏过奈何桥之前，记得回望故乡一眼。

胡同生活的乐趣

权　昕

四方四正的北京城，大大小小的胡同数也数不清。我从小就生活在北京的胡同里，每天都感受着胡同生活的乐趣。

我家居住的这条胡同，很长，很狭窄，它西起南新华街，东到天安门广场，像一条长龙，横贯东西。这条胡同有不少的小分支。在我家院子旁边，就有一条偏僻的小胡同，连接着这条胡同与胡同后面的一个小区。那个小胡同上没有住户，路灯也因为年久失修而忽明忽暗，每到夜晚，伴着流浪猫凄厉的叫声，使得这个幽暗的小胡同有一种说不出的诡异，被人们戏称为“鬼街”。

我和邻家的小孩经常夜探“鬼街”。在漆黑的小胡同里，或在昏黄的、摇曳的路灯下，玩“杀人游戏”，或是请“笔仙”、“碟仙”。本来就阴森森的小胡同，再加上诡异的游戏，经常把自己吓得发抖，玩着玩着，就匆匆忙忙逃离了这个让人心惊胆战的小“鬼街”。十五岁的我，再走上那条小胡同时，也常常吓得不敢回头，加快脚步，向着出口一个劲地猛冲……

在阳光暖融融的日子里，我们喜欢到正乙祠去。正乙祠现在是一座大戏楼，谁知道它静静地待在这个小胡同里多少年了，还是北京市文物保护单位呢！我们去正乙祠蹭戏听。绕到后门那里，翻过院墙，偷偷地溜进去。我们常常先跑到后台去，给忙忙叨叨的戏子找点儿麻烦。比如，把小丑身上佩戴的刀，偷偷地换成一把只有主角才佩戴的宝剑；或是在花旦化妆的时候，趁她不注意，在红色的油彩里，兑上一点黑色……不好，主管"老顽固"发现我们了！他用太监一样难听的嗓音骂我们："谁家的孩子！哪儿来的回哪儿去！"这时我们就会很不服气地跑到院长那里，一边哭一边添油加醋地告状："主管虐待我们！"院长是一位七十来岁的老人，满头白发，慈眉善目，他膝下无儿无女，对我们非常宠爱。他通常都会在楼上的一个角落找一张桌子，把我们安置在那里，让我们好好看戏，从来不管我们有没有买票。我们就会坐在那里，一边嗑瓜子，一边喝倒彩。时间长了，也对京剧有了许多兴趣。

春天里上房去摘香椿；夏天坐在门前的台阶上吃西瓜，或是雨天站在屋檐下，细数掉落的雨滴；秋天里约几个小伙伴，偷偷地摘邻家的柿子；冬天里打雪仗、堆雪人……北京的胡同里，总有数不清的乐趣。我真希望，能在北京的胡同里，快快乐乐地生活一辈子。

紫荆花雨

叶灵儿

紫荆盛开，花香扑鼻，漫步在铺满了紫色花瓣的小路上，微风吹，花瓣起，微风停，花瓣落，很富诗情画意。陶醉其中，不禁让我想起那快乐的童年。

那日子正是紫荆花盛开之时，我约了许多伙伴去小公园玩耍。当我们携手蹦蹦跳跳地奔向公园，看到公园中的紫荆花树，顿时目瞪口呆。眼前的树，挂满紫荆花，一朵朵花儿绽放着笑容，多么美啊，令人陶醉，树下竟是紫荆花瓣铺满地，此时，眼中竟是一片花海，花儿竞相开放。

我们见到此景，兴奋不已，立刻奔向树下，有的在树下荡秋千，有的坐在树下，有的爬树……我们都各玩各的，但是，目的都是一样，都是想在花海中尽情遨游。

忽然，一阵风吹过，哇！此时，花儿纷纷落下，我们见了都跑到树下，大声赞叹，于是，我兴奋地问了一句："这棵是什么树，怎么那么多花，那么美的呢？"

她们听了，都摇了摇头，过了一会儿，一个小女生说："不要管它叫什么？先玩了再说，怎么样？”于是我们都同意了。

于是，我们在风儿的促使下，尽情地享受着紫荆花雨，那滴滴的“雨”划过我们的脸颊，不留痕迹，只留芬芳，淡淡的花香伴随我们，使我们十分舒适，微风吹过，也伴着那淡淡清香。

我接过一滴“雨”，那紫色的绽放的花，就如婴儿一般，睡在我的手中，那安详的脸庞，好美啊！好美啊！

我们在树下荡秋千，在树下捡花瓣，一切一切都显得那样温馨，那样美丽，夕阳西下，我们依依不舍地归去。

长大了，才懂那是紫荆花，才懂那时年少时的无知与欢乐。

啊！那难忘紫荆花雨！

我不漂亮，我很幸福

王　卓

我姓王，因为和才华横溢的诗人王维同姓而感到骄傲，单名一个“卓”，“卓越”含有“卓”字，写着舒服，看着舒服，我为我有这样一个名字而感到骄傲，为这样一个名字感到快乐。我嘛！长得不引人注意，但到有名副其实的三点：幽默是我的特点，脾气坏是我的缺点，爱看书是我的优点。

俗话说；笑一笑，十年少！由此可以看出笑的威力。一间不起眼的小事儿，我会哈哈大笑;别人出了洋相，我会捧腹大笑，尽管有人说我幸灾乐祸，我还是“一笑了之”。“妮儿，书桌太乱啦，怎么搞的？也不收拾一下，老改不了这个坏毛病，不爱收拾！你呀！”听！唠唠叨叨地说个不停的妈妈又在说我了，哼！看我不给她个下马威……“唉！也不知道是哪个不爱收拾的大人生出了我这个不知道收拾的‘小人’？母亲大人，您说呢？”我用古怪的眼神斜看着妈妈，之后又像电视剧中的反派人物一样“哈—哈—哈—哈”的笑。我又用我的“聪明”和“机智”“战胜”了妈妈对我的一次“挑战”。

也许你会想不到，像我这样幽默的人动不动也会发火哦，没办法，这是天生的，我也无法改变，呵呵……如果在我认真地做一件事的时候，突然有人来打扰我，我准会“兽性大发”搅得他“日夜不安”，不巧的是你如果遇到了这种情况，还是要请“上帝保佑，菩萨保佑，真主保佑吧”。像这样的“民事纠纷”早已成了“家常便饭”。真发起火来，我也许还会动手打人哦。是不是一句“单挑”，动不动一句“扁你”，对于我的坏脾气，爸妈总是拿我没办法，现在，我比以前好多啦，我再也不用因为这些个鸡毛蒜皮的小事而被罚写检查啦。

当然，每天都不能少了一样东西，我的“精神食粮”，我的“宝贝”，我的“爱”。像什么《中华上下五千年》、《红楼梦》、《西游记》等等，我的书太多了，床上，桌上，尤其是地上，一层层的报纸，一张张的纪录纸，一本本的书，真是“知识入门槛，书报当地毯”。只是我觉得这样挺方便，随时想看随时看，只是这样麻烦了家里的“清洁工”——妈妈。

……

这就是我，在社会的人海里，有这么一个小小的我，一个幽默，坏脾气，爱看书的我。

我不漂亮，我很幸福，快乐……

野菊甘草清柔香

于 佳

“朝饮木兰之坠露兮，夕餐秋菊之落英。”餐花饮露古已有之，我仍有一番倾慕之心。众多种类的花茶，我格外钟情野菊与甘草合泡的。

花茶店的老板娘和我妈很熟，她也爱野菊甘草，清柔去火，温良净利。夏天出的味儿最正，常喝，比补药还胜三分！

拿起一朵野菊瞧仔细，很小，昔日的水嫩娇巧早已风干。偶尔有带花枝子的，花枝也已经是细削削的了，干枯得如此不堪却依然有它的活力，沁人的清柔香气如活口的清泉一般源源不断，并伴着几丝药草的良苦性气，闻着很舒服。甘草的香味也很清柔，药的苦味却要浓一些。生前的水灵多姿虽散失得如标本一样枯瘠，成了想象与怜惜的寄托，可干枯也使它的精华得以浓缩、保留，这便是它们要你牢记的清柔。

一只干净的玻璃杯，将野菊与甘草撒在里面，再倒进一些白开水，就看着水的颜色渐渐变褐变深，野菊不停地旋转着，干枯的花枝和花瓣渐渐变得饱满而柔软，仿佛是因水分的复得而唤醒了花儿心灵深处充满活力的灵魂，用清丽柔美的舞与水相融；甘草不愿舞蹈，只爱高洁地睡在杯底，是个贤良的美人，不问世事。此时，香气又在飘散了，飘啊飘，就这么飘进了赏茶人的鼻子里，顺着气管就钻进了肺腑……

野菊的柔香、甘草的清苦药香伴着水汽的温润，融为一体，清良柔美的香气溢满了整整一屋子！这可比香水的味道来得更自然、更清雅了。好好地尝一口吧，没有咖啡的浓滑、可乐的刺激，淡雅的苦味在口中荡漾，清爽的茶水拥有似乎是鲜榨野菊汁、甘草汁的活力，欢快地渗入了肺腑。纵是多厉害的心火，瞬间也被浇个透灭，让人享受到了一种清柔雅气的畅快，体内的尘埃被这势不可挡的力量冲得一干二净，让人离俗。

什么样的人，爱什么样的茶。能将我与野菊甘草牵在一起的，不只是它们温良清苦的香气与美味，还有品性。野菊是荒野之上倔强又顽强的精灵，无数次风雨的洗礼也不会使它弯腰屈背，却越发显得精神了。不畏风雨艰难，坚挺不屈，信守此志，至死不渝！甘草不及百花绚烂夺目，但它清苦性良，可冲茶保健，又可冲茶治病，这种心善与内涵实是百花所不及。野菊与甘草被制成了花茶，融进水里，清香四溢。饮下此茶，默默中，它已为人柔和干净地去了火，良苦而默默奉献的品性，此时显露出来。

我自然不敢拿自己比它们。野菊甘草外表平凡，品性却脱俗高尚。但我也有坚强、乐于奉献的性格。

我爱适合我的飘着清苦柔香的野菊甘草。

夏天的记忆

江艾熙

看着林中最后一群大雁飞走，我开始考虑过冬的问题。

我共有一百颗左右的果子。但作为松鼠，我的记忆力很差，常常找不到自己在林中藏的果子，所以从来都是找到谁的就吃谁的。

打开门，默默走在路上，仔细地查看地面，找着果子的蛛丝马迹。忽然，一只乌鸦飞来，我迅速逃入附近的鼠洞。看着这群老鼠，几个月前的往事又浮现在眼前。

那也是这样的一个中午，我抱了一堆葡萄干准备藏起来，一只乌鸦扑来，我也是躲入了这个洞里。那时正值盛夏之末，于是我把一大堆葡萄干全分给了这些朋友。他们送了我一只用松脂制作的望远镜，然后默默看着我离开。谁都明白，若让其他鸟儿发现这儿，洞必被翻个底朝天。

现在，我们又相遇了，这回老鼠们又送了我几粒杏儿，但由于要过冬的缘故，我还是留给了它们。

我必须在天黑前回到家中。

我重新出了洞，乌鸦已飞走了。我又走了几步，踩开了一个树洞，里面有一大堆果子。

我首先拿了一个莲蓬，看着上面的那个牙印，我忽然记起了这是自己的洞，自己藏的食物。

这个莲蓬，是我在离这不远的湖边采的。

那时正值盛夏，我却已经开始准备粮食和清水了。于是，知了弟弟笑我傻，蝈蝈叹我过于焦虑，同伴说我太蠢，乌鸦看我笑话，百灵鸟也说："秋天未来，果子未完，急什么？"

于是我出来散散步，正好碰上了这只莲蓬。我见这莲蓬很大，又离湖岸很近，忙用手去抓，一下子跌入湖中，还是乌龟爷爷救了我这条小命，还送了我这只莲蓬。这印子是当时龟爷爷咬下的牙印。

后来龟爷爷死了，参加葬礼的动物很多，龟爷爷帮过许多动物。

拿了一大袋李子，又勾起了许多回忆。

那天，我又采了一大堆李子，起码三大袋。可我怎么也搬不动。

于是，李树伯伯笑呵呵地摇了摇树枝，让三袋李子正好滑入了我的洞里。我便帮李树伯伯种了一排李子。

那片李子林呢？已被几个铁制品弄走了。那玩意儿里有两只会两腿行走的猩猩，但没长毛。

粮食备足了，今年又可以过个吃喝不愁的冬天了。剩下的还得藏着，以备万一。

这还是我第一次找回自己的东西。

抬头望望天，才中午，那火红的太阳让我好似又回到了夏季。天上飞舞着蝴蝶与蜻蜓，树上住着毛色漂亮的百灵，地上是一片将干的葡萄与杏子。

我眯起了双眼，看着这么多果子，觉得这个美丽的夏天我没白忙活。

请把嘴角上扬

赵铃喆

“你画的娃娃脸，降落在身边……”老妈又来电话催了：“赶快回家！几点了还不回家吃饭！带你妹妹快点回来！嘟……嘟……”这已经是第三个电话了，好吧，事不过三，回家！

我带着还没尽兴的妹妹匆匆离开。“快走啦，下次再带你玩。”我扯着她的手疾驰在路上。“姐，我有舅舅给的游戏币，下次带我去玩吧？”说着，她将自己口袋中的游戏币一股脑儿摊在手上，大概有5、6个。“算了吧！那么少能玩什么啊！再说电玩城小孩子进不去的！”我回答道。“那……噢，对了，你说这游戏币要是能当硬币花出去多好啊！”妹妹盯着游戏币坏笑着说。我白了她一眼：“你以为别人傻啊！硬币和游戏币都分不清？”话音刚落，就看见不远处有个乞丐窝在路边，他身穿深灰色外套，只有在腋下才透出点深蓝色的意味，布满灰尘的裤子也已皱得不成样子。脚上穿的是老头布鞋。由于破了洞，可以清晰地看到他没穿袜子的右大拇脚趾不停地屈伸。头发凌乱且布满银丝。面部的褶子像蜘蛛织的网，布满整张黝黑的脸。目光呆滞，眼直勾勾地望着地面。他左手端着瓷碗，右手握着一条长长的竹竿。哦！原来他是个盲人。

“哈，我想到了！快把游戏币借我用用！”我抢过妹妹手中的游戏币，一阵小跑溜到乞丐面前。“给你！”我的叫喊声如此不屑。几个“硬币”应声躺在碗底。“哗啦……哗啦……”他似乎很激动，右手不停地抖动，然后连声说：“谢谢……谢谢……好人一生平安……”他笑着放下竹竿。用右手抓起碗底的几枚“硬币”。我一路坏笑着跑向妹妹，然后站在路的另一边看他的热闹。

我们一直瞅着他。他放下碗，然后把“硬币”摊在手掌，又用左手摸了几下“硬币”，再用右手紧紧攥住，最后放进口袋里，又用衣角擦了擦碗，用竹竿敲着地面，慢腾腾地走向一家酥饼店。他放下竹竿，右手掏出几枚“硬币”，展开手掌，左手端着碗递上前去：“给……给我拿个饼……”老板瞥了一眼，一挥手将“硬币”打掉，嚷道：“你当我和你一样瞎？拿小孩子的玩意儿来糊弄我怎么？滚滚滚……别搅了我的生意！”然后一把将乞丐推出门外，他一个趔趄险些摔倒。他摸起散落一地的“硬币”，抓起竹竿，转身挪回刚才的路边。我的脸涨得通红，有种无法言喻的内疚和羞愧，心像着了魔似地开始乱撞。他咬紧嘴唇，像要把它咬破那样用力；他双手抓着碗，像要把它抓破那样使劲。他的双眼还是直勾勾地看地面，不过这次的眼神更加呆滞，呆滞中略带些不屑。

妹妹也慌了，拉着我的胳膊说：“三十六计，走为上策……”我扯开妹妹的手，跑向酥饼店，买了两个刚做好的酥饼，递给他：“给你……”我无力地把每一个字吐出来。他似乎听到是刚才那个

“好心人”，直结结巴巴地嘟囔道：“你！你……”我把酥饼塞到他手里，快速地跑开了。

对不起。我明白我伤害的是他的尊严，是用任何东西都换不回来的。不过，还是希望他能原谅我。对不起，如果听到，请把嘴角上扬，然后微笑。

美丽的避暑山庄

郑普阳

你到过承德吗？你去过避暑山庄吗？如果没去过，那就让我来为你介绍一下吧！

承德是一座山城，被人称作“塞外明珠”。它因避暑山庄而闻名世界，每年有无数的国内外游客来承德旅游。

避暑山庄有三百多年的历史，它过去是清朝帝王的避暑之地，现在是世界文化遗产。清朝皇帝每年夏天都要来这里避暑，可想而知这里的美丽风光是多么吸引人。这里随处可见亭台楼阁，长廊小桥，苍松翠柏，简直是一幅山水画。当你在炎炎夏日步入避暑山庄大门时，迎面吹来凉爽的风，好像是在欢迎你的到来；当你在湖边散步时，你会听到鸟儿欢快的叫声，会看到鱼儿跳出水面，仿佛鸟儿、鱼儿都在和你打招呼；当你抬头远望时，远处的群山连绵起伏，更是让你心旷神怡。

我最喜欢的是山庄的草原，那是一片郁郁葱葱的草坪，好像是巨大的地毯铺在蓝天白云之下，上面还点缀着零星的野花。草原上还有很多大大的“蘑菇”，其实那是蒙古包度假村。躺在蓬松的

“地毯”上面，你可以闻到淡淡的花草的芬芳，还可以听到远处的阵阵松涛声。

让我感觉最特别的是避暑山庄的“文苑狮子园”，正如其名，这里群狮林立，形态各异。有的母子相抱，有的交头接耳，有的嬉耍打闹，有的静卧酣眠，造型逼真，惟妙惟肖。园中有山有水，长廊回绕，曲径通幽，林中有湖，湖中有亭，真是个避暑的好地方。“文苑狮子园”不仅给我带来了美的享受，也让我感觉到了一份亲切感，因为妈妈曾经在这里参加过重建世界文化遗产的义务劳动。这里的一草一木，一砖一瓦，都倾注了妈妈那一代人的爱心，当我在这里纳凉、欣赏美丽风景时，我仿佛感觉到妈妈就在我的身边。

欢迎你们到避暑山庄去看一看，那里既有江南的秀丽又有北国的粗犷，是值得一去的好地方。

我的城市情结

徐若昕

我拖着行李箱走出机场的时候，是一个明媚的午后，我深吸一口气：啊，回家了。身上还带着些许香港浮华与辛辣的气息，一接触到南京的空气，便烟消云散了。我抬头，仰望着碧蓝的天空，白色的云氤氲了一片，于是，嘴角微微上扬。

我喜欢这个城市的古朴浓郁。漫步于城墙之下，遥想明太祖当年的飒爽英姿，将近三百年的大明王朝就是从这里开始的。石头城，这个名字一直为我所钟爱，大概是因为迷恋《石头记》的缘故。想想也觉得奇妙，那大观园的原型就在离学校不远的那条街上。青灰色的砖瓦上，几只白色的鸽子四处张望——那代表着和平的鸟儿啊！于是，我回过头去，拨开层层沾有血腥味的尘埃，看到了那个令人心碎的冬天。那群野蛮人冲破了城门，用鲜血染红了扬子江，用杀戮打破了古城的宁静。不过，那早已过去，成为历史不复返了。我亲爱的城市啊，我会保护你，不让你再次蒙受苦难与风尘。

我深爱着这座城市的悬铃木，这种深藏在这座城市的血脉里的植物。悬铃木即法国梧桐，但我一直固执地唤它“悬铃木”，这个名字洋溢着一种古典幽雅的味道。每周日，沿着长江路旋转着前行，展开双臂，仰望头顶美丽而不乏张力的枝丫，从心底生出一丝暖意。秋天到的时候，叶子一片片落下，我小心翼翼地在上面行走，倾听那树叶破碎的声音，然后，留下一片枯黄色的记忆。

从周嘉宁的文字中，我看到了西藏这个神秘而圣洁的地方。从老爸在西藏拍的照片中，我想象着那片宽阔的土地：一望无际的大草原，那种罕见的雪白的牦牛闲适地奔跑；蓝得纯净、蓝得透明的天空，偶尔划过一只飞鸟；还有那笑靥如花的藏族姑娘和英俊爽朗的康巴少年，他们的身后是连绵起伏、笼罩着白色雾霭的巴颜喀拉山。

那些欧式的尖顶房子，总让我产生一种漫步在某个欧洲小镇的错觉。

闹市区周围绚丽的广告牌和电影海报，也令我陶醉。记得哈根达斯有这样一幅广告牌：八种不同色彩和式样的冰激凌对应着一个星期中的八天（对，你没有看错，是八天，上面似乎还有这么一句话“一周有八天，因为我有哈根达斯”）。其实生活何尝不像冰激凌呢？每一天都是崭新的、不同的，都如这些好看的冰激凌一样，甜得可以淌出蜜来。在《色 · 戒》还未上映的时候，工人影城的门口已经张贴着巨幅的海报。红褐色的背景下，有梁朝伟微微皱起的眉头，还有汤唯那迷离而暧昧的眼神。于是，海报下的我，想起了文学才女张爱玲和她那如歌如诗的传奇生命。

记得南京地铁还未通车的时候，就喜欢在地铁站漫无目的地行走，甚至尝试着闭上双眼，像几米在《地下铁》里写的盲女一样，一直一直地向前，想象着前方是不是有一个美丽的玫瑰花园。那日，从奥体中心看完演唱会，乘地铁回家，车厢内人们的脸被白色的日光灯照得有些苍白。空旷的地铁站里，人的脚步声被一再放大，地铁呼啸着从身边飞驰而过，空气里混杂着一丝湿润的味道。

王安忆在《长恨歌》中写道：“王琦瑶的艳和风情都是轻描淡写的。”当我看到这句话时想，这多像是在说我的城市啊！它是生活化的，如清水般纯净的，不张扬却又不乏诱惑的。

想到了去年暑假，孤独地站在成都的街头，无助而且寂寞。而在这里，我可以肆意地乱转，不怕迷路，因为我总能找到回家的路……

秦淮之夜

崔文灿

从小学接触杜牧的《泊秦淮》开始，我就对秦淮这一个令人联想到歌舞升平、繁华热闹的名字产生了深深的向往，向往着“烟笼寒水月笼沙”的如画美景，向往着十里秦淮两岸的客栈酒楼里，美貌多情的歌女弹着琵琶，诉说着如画般的江南。今年大年初四夜晚，我终于有幸来到了秦淮，品到了江南的年味。

秦淮的夜，繁华得出人意料。夫子庙的店铺重又繁密，路上游人如织、人声鼎沸。在一座不知名的桥上，我望着来来往往的行人，望着悬挂在桥两侧红红的灯笼和炫丽的彩灯，望着天空中绽开的璀璨的烟火，听着买家与小贩讨价还价声此起彼伏，听着远处传来黄包车上清脆的铜铃声，我忽然想起了辛弃疾在《青玉案·元夕》中描述“东风夜放花千树，更吹落，星如雨”的场景。虽然此时不是元宵佳节，但是年的热闹气氛不比元宵差。我想，不知是否也有一个女子，此刻正站在灯火阑珊处，静静地看着这些乐此不疲的旅人？如果有唐宋大家于此，不知会写出多美的诗词！

坐在游船上，我远离了人群，也远离了喧嚣。当这小木舟，荡漾在寒水之上，我方感受到了梦中真正的江南。在长长的河道两岸，是青瓦白墙的建筑，雕花的窗户里透出温馨的灯光，远远地，飘来悠扬的琴声，伴和着船桨拨动水面的泠泠声使人畅想。想必千年以前的秦淮水两岸，也是歌女妩媚的嗓音轻轻唱出动人的歌声，纤纤玉手抚出最美的弦音，吸引了众多文人骚客于此，饮酒赋诗，以抒其怀。王献之、李白、唐伯虎、郭沫若都在这里留下了他们的足迹，而他们不都是仰慕秦淮河水之清澈、江南女子之灵秀而来的吗?

秦淮的新年，总是比北方有些创意的。人们在水面上安置了些大型彩灯，颇有些“水上灯会”的味道。这些彩灯，向我们讲述着一个又一个秦淮的历史故事。令我印象最深的是在桃叶渡口，摆放的王献之与桃叶送别场景的彩灯。据记载，当年王献之常在这个渡口接送桃叶，还为她写了几首缠绵的爱情诗：“桃叶复桃叶，渡江不用楫。但渡无所苦若，我自来迎接”，把大才子对佳人的一片痴心描摹得淋漓尽致。此外还有“李白饮酒赋诗”、“秦淮八艳”等彩灯，向我们讲述着十里秦淮流转的千年岁月。

船返航了，一弯暗黄的月牙如钩般挂在天上。烟火渐渐熄了，寒风起了，吹动了船上悬挂的灯笼的穗子，吹动了河中的波涛。虽是寒风，可这终究是江南，没有北方寒风那么刺骨，这里的风只是给人以寒意。在这样一个繁华后如此静谧的秦淮之夜，任何一个人都会沉浸在美景中，倾听着琵琶曲，呼吸着秦淮的风，体会着新年中秦淮之夜给予我们的每一份感动。

请到我的家乡来

黄 婷

我的家乡延庆，位于京郊西北，与河北省相接。境内多山，中心为一大盆地，在这个“聚宝盆”里，孕育了独具特色的妫川文化。

原来一直是“闭塞落后”代名词的延庆，如今发生了翻天覆地的变化。新建的八达岭高速，成为延庆人民进京的通天大道，也成为外地人来延庆的捷径。

“欢迎四海宾朋，风景这边独好”。第一站即是八达岭长城。八达岭长城是古代长城的一段，以其丰富深厚的文化内涵和雄伟壮丽的自然景观，成为万里长城最杰出的代表。站在长城上，青葱翠柏之间，便可眺望到“聚宝盆”，实有“会当凌绝顶，一览众山小”之感。现在正值秋季，因八达岭海拔高，空气清新，所以游人可以早早看到“满山红叶，层林尽染”的景象。

第二站，要算素有“塞外小漓江”之称的龙庆峡了。“小三峡胜似三峡，山比三峡险；小漓江赛过漓江，水比漓江清”这副对联道出了龙庆峡奇山秀水的美丽景色。龙庆峡以南国山水的婉约妩媚，北国山水的阳刚雄健，集南北山水之大成，出落成京郊西北一颗璀璨的明珠。若是在冬天，你便可以欣赏到这里独具特色的冰灯。这里的冰灯犹如一朵奇葩常开常新，又犹如一支歌曲唱响美丽。靠着鲜明的主题和色彩的绚丽，龙庆峡享誉世界。

沿古龙路向前走，便可到第三站——风景独美的松山。来到松山，便可看到青翠欲滴的树林，这是大自然赐予延庆的财富。这里不仅有高大的树木，而且有清澈见底的山间小溪、活泼可爱的野生动物、奇形怪状的巨大山石。这里的美在于绿色，在于清新的空气和鸟语花香。

延庆的美景有很多，风景秀丽的玉渡山、骏马奔腾的康西草原、造型奇特的古崖居等，无一不令人赞叹。

延庆的小吃也独具特色。最著名的有水磨的炸糕、柳沟的豆腐宴，还有延庆大街小巷、家家户户都有的白乎乎、热腾腾的延庆大火勺。这些延庆人的家常小吃，在外地人眼里却是美味佳肴。据说在河北省怀来县县城里就有一家延庆火勺店，那里天天爆满，可算是小有名气，足见延庆火勺的美味和独特。

这里不仅空气清新，山青水美，而且无论城里乡下都十分干净整洁。环卫工人“宁愿一人脏，换来万家净”的宣言，让每一个角落清爽干净，这里的村民都自主地打扫房前屋后。延庆正以整洁的面貌，张开怀抱，迎接五湖四海的友人。

风景这边独好，美食这边独有，环境这边独佳，这么优异的地方哪能不吸引中外游人的光临呢？我相信，在今后的几年里，我的家乡延庆——一块人杰地灵的圣土，一定会像一块宝玉一样，用美丽的色彩、独有的内涵，迎接世界各地的友人！

蒲公英的旅行

赵金风

那一天，我睁开了迷蒙的眼睛。

我一天一天地长大，一股骚动与不安在体内潜伏。

我感觉母亲的拥抱不再那么紧了，离心的空虚慢慢地袭来，吓得闭上了眼睛。一阵风吹过，再睁开眼睛时，大地已经在我的脚下恍惚了。

从此，我开始了流浪的生活，开始了一朵蒲公英花的漫长旅行。

那叶，那花朵

我飞呀飞呀，飞到了河的彼岸。那里是曼珠莎华天堂，浓艳的花蕊正舒展着嫩嫩的花瓣，几千年都以火红的颜色守护着传说中的忘川河畔。花朵的形状像伞的骨架，棱角分明，又仿佛红色的风车，不停地转动，也似蓝天祈愿着一双双无助但握满希冀的手掌，放飞心中的一切。

我看见了婀娜的舞姿，一挥袖，一抬足，转身，展臂，无不在优美中尽展风雅，就是那秋风中的一品红，带着妖冶的诱惑，又不乏梧桐的挺拔坚定。

花开无叶。

叶生无花。

花与叶永不能相见。

花与叶，是在祈祷着相逢的那一天吗？

那花，那世界

翻一个筋斗，我再一次乘风飞去。

小时候妈妈对我说："等你长大了，就会离开。"

我问："离开，去哪里呀？"

妈妈说："去旅行，风会永远带着你寻找。参透了生命，就能找到归宿。"

一路下来，我看过了各种各样的花朵，芙蓉凌波丽，玉兰舒卷雅，栀子花恬淡，紫罗兰温馨，还有娇艳婀娜的芍药，亭亭玉立的玉堂春……

可是，这些都比不上那一晚芳华绝代的昙花。

传说昙花的盛放是邂逅了自己的爱情，开花的时候会在月光下吟唱那古老的诗。

一夜无比漫长，两夜不可等待。

我怎么能度过三个夜晚？

爱河深处的半个夜晚，比一个整夜的时间还要漫长许多。

每一朵昙花中都藏着一个精灵，从种子萌芽，生长，结苞，都只为了在这一个时刻，展现出最慎重、最优美的姿态。每一片花瓣都是完美无缺的，青竹为骨，白莲为肌，彩霞着色，月华是神，风姿缥缈，容光清冽……纳三千天地精华为神韵。

假如你错过了，那你就永远地错过了，而花只会默默地憔悴枯萎。

曾经美丽过。

即使一生的守候只换来一刹那的美丽。

曾经消逝过。

即使无人无缘欣赏，依然无怨无悔。

月华如水，雅致的优昙精灵，花前一抹浅笑，绿尽天涯。

清晨，散落一地的花瓣，依稀散发着阵阵幽香……

有一种生命叫独自寂寞。

有一种生命叫红颜独谢。

有一种生命叫无怨无悔。

那人，那心事

花界的兴盛是短暂的。

一夜间繁花似锦。

一夜间又芳红尽落。

剩下的只有遗落在枝头的前世眷恋。

我挥泪作别花仙，疲惫地追问风：“什么时候才可以停下来？”

风说：“现在还不可以，一停便将是永远。”

有人说，花的翅膀，要到死亡，才懂得什么是真的飞翔；无爱无恨的土地，要到死亡，才会萌芽开花。

风说：“你生来就是一朵要旅行的蒲公英花，过尽千帆才能找到最后的归宿。”

花的生命在于长时间的缄默酝酿。

花的生命在于一刹那的美丽死亡。

而我，蒲公英的旅行，也是为了最后一霎。

一霎的停留，扎根，生长……